お探し物は図書室まで

青山美智子

ポプラ社

羊毛フェルト　さくだゆうこ
写真　小嶋淑子
装丁　須田杏菜

一章

朋香

二十一歳　婦人服販売員

彼氏ができた、と沙耶《さや》からラインがきたので「どんな人?」と訊いたら、「医者」とだけ返ってきた。

私は「どんな人」なのかを質問したのに、性格や外見をすっ飛ばして、職業。医者にもいろいろいるだろうに。

でも、それはつまり、その人を語るのに手っ取り早くわかりやすいってことなんだと思う。職業イコール、その人を表すキャラクターみたいなもの。たしかに私も、医者と言われて、ちょっとわかったような気になる。ステレオタイプな、あるいはごく個人的なイメージだけで。

だとしたら私の職業は、一般的に人から見てどんなキャラクター設定になるのだろう。私のことを知らない誰かに、わかったような気になられるんだろうか。

スマホの画面では、空みたいな薄いブルーを背景に、合コンで知り合ったというその新しい彼氏の話が小刻みに続く。

沙耶は地元の友達だ。高校からのつきあいで、私が短大進学を機に東京へ出て就職してからも、こんなふうに時々連絡をくれる。

「朋香《ともか》はどう、最近？」

沙耶のメッセージにちょっとだけ指が止まる。どうもこうも。

た、と打ったら最初の予測変換で「楽しい」と出て、それをそのまま送ってしまった。本当は「退屈」って返信しようとしたのに。


私の仕事場はエデン。

楽園の名がついたその総合スーパーで、私は黒いベストとタイトスカートに身を収め、日々、レジ打ちと接客をしている。春も夏も秋も、これからくる冬もだ。短大を卒業して入社してから、あっというまに半年が過ぎていた。

暖房のかかった十一月の店内。窮屈《きゅうくつ》なパンプスの中で、ストッキングを穿いた足先が蒸れている。ぎゅっとひとまとめにされた指が、汗をかきながら萎縮《いしゅく》しているのがわかる。

制服のある職場で働く女の人はだいたいみんなそんな感じだろうけど、エデンで特徴的なのはコーラルピンクのブラウスだ。ちょっとオレンジがかった桃色。研修のとき、有名なカラーコーディネーターに依頼して決めた色だと教わった。明るいとか優しいというイメージのほかに「あらゆる年代の女性に似合う」というのが理由のひとつだそうで、実際に働き始めてから私は深く納得してしまった。

「藤木《ふじき》さん、休憩お先しました。次どうぞ」

レジカウンターの中に戻ってきたパートの沼内《ぬまうち》さんが言った。塗り直された口紅がぬらぬらとてかっている。

私が配属されたのは衣料品部門の婦人服売り場だ。沼内さんは勤続十二年の大ベテランで、先月、「誕生日がきてゾロ目になった」と言っていた。四十四歳でも六十六歳でもなく、五十五歳だろう。私のお母さんと同じぐらいだ。

コーラルピンクのブラウスは、なるほど、沼内さんにもよく似合う。パートを中心とした年配の女性スタッフが大量に働くという前提で、このブラウスは考案されているのだ。

「藤木さん、最近、戻りがぎりぎりよ。気をつけてよ」

「……すみません」

沼内さんはパートさんの中でもリーダー的存在で、風紀委員みたいだ。いちいち細かいなぁと思うけど、間違ったことは言っていないから仕方ない。

「じゃ、行ってきます」

私は沼内さんに軽く会釈し、レジカウンターを出た。通りすがりに売り場の商品が乱れているのが気になり、手を伸ばしたところでお客さんに呼び止められた。

「ねえ、ちょっと」

振り返ると、女性客がいた。年齢は沼内さんと同じぐらいだろうか。化粧っけのない顔に、ずいぶん着古したダウンジャケットを羽織り、擦り切れたリュックサックをしょっていた。

「どっちがいいかしら」

お客さんは二枚のニットを手にひとつずつ持ち、掲げている。赤紫のVネックと、茶色のタートル。

専門店と違って、ここでは自分から積極的に声かけはしない。それは私にはありがたいことだったけど、当然、お客さんから聞かれたら対応しなくてはならない。

商品が乱れてるのなんか、スルーして休憩に行けばよかった。内心そう思いながら私は「そうですねぇ……」と見比べ、赤紫のほうを指さした。

「こちらがいいんじゃないですか、華やかで」

「そうかしら。私には派手じゃない？」

「いえ、そんなことはないですけど。でも、落ち着いた感じがよろしければ、こちらの茶色も首元が温かくていいですね」

「でも、こっちはちょっと地味かなぁと思うのよ」

不毛な問答が続いた。「ご試着なさいますか」と言っても、面倒くさいからいいと答える。ため息をつきたいのをこらえ、私は赤紫のニットに手をやった。

「私はこちらのきれいな色が、お客さまにお似合いだと思います」

そう言うと、やっと空気が変わった。

「そう？」

お客さんはじっと赤紫のセーターを見つめたあと、顔を上げた。

「じゃあ、そうしようかしらね」

お客さんはレジに並んだ。私は茶色のタートルをたたんで棚に戻す。きっかり四十五分しかない休憩時間、十五分も減ってしまった。

スタッフ専用の扉から裏へ出ると、ヤング向けのブランド店舗のスタッフとすれ違った。品のいいモスグリーンと白を掛け合わせたチェックのフレアスカートが揺れる。

私と同じ衣料品フロアでも、専門店の女の子は可愛い恰好をしている。お店の商品なんだろう。カントリー調のブラウスに巻き髪を結って、こんな子が働いているとエデンもちょっとおしゃれに感じる。

私はいったんロッカールームに寄り、休憩用のビニール製トートバッグを持って社員食堂に向かった。

社員食堂のメニューは、お蕎麦とうどん、カレーに、週替わりのフライ定食ぐらいのものだ。何度か食べたけど、注文を間違えた食堂のおばちゃんに「違います」と言ったらつっけんどんにされたことがあって、次から利用しにくくなってしまった。それ以来、私はだいたい通勤途中のコンビニで買ったパンをここで食べる。

食堂にはコーラルピンクがあちこちに咲いていた。その合間に、白シャツの男性スタッフと、専門店の洋服姿がちらほら見える。

すぐ近くの席で、けたたましい笑い声が聞こえた。パートさんの四人組。制服の彼女たちは、だんなさんや子どもの話題で盛り上がっている。楽しそう。お客さんから見たら私も彼女たちと同じ「コーラルピンクチーム」の一員だろうけど、正直に言うと、私はあの人たちが怖い。絶対に勝てない気がする。だから戦わないでいいようにするしかない。

……………なんか、違ったかなぁ、私。

私がエデンに就職した理由はひとつ。内定をくれたのがエデンだけだったからだ。

なんとなく受けた会社だった。エデンに限らずそうだった。どうせ私にはたいしたことできないんだから、決まればどこでもいいや、ぐらいに思っていた。

三十社ぐらい落ちまくって疲れきったころにエデンから内定通知が出たので、もうここにしようと、それ以降の就職活動はやめてしまった。私にとってとりあえず大事なのは、東京に住んでいられることだったから。

じゃあ、東京で何か大きなことを成し遂げたいのかといったら、それも違う。どちらかというと、東京にいたいというよりも田舎に帰りたくないという気持ちのほうが強い。

東京から遠く遠く離れた私の地元は、見渡すかぎり、田んぼと田んぼと、田んぼだ。大通りに唯一ぽつねんとあるコンビニまでは、車で家から十五分かかる。雑誌は数日遅れて販売されるし、映画館もファッションビルもない。レストランと呼べるものもなく、飲食店といえば定食屋がいいところだ。そういうことが中学生のころからつまらなくて、一刻も早く田舎を出たかった。

四つしかないテレビチャンネルでやっているドラマの影響は大きかった。東京に出さえすれば、何もかもが揃った場所で、女優さんたちみたいにオシャレにドラマチックに暮らせるのだと思っていた。だから必死で勉強して東京の短大を受験したのだ。

上京してすぐ、それは壮大な幻想だとわかったけど、どこにいても徒歩五分圏内にコンビニが複数あるとか、電車が三分おきにくるとか、そういう意味ではやっぱり東京は夢みたいな場所だった。とりあえず、日用品も出来上がった食べ物もそこらじゅうですぐ手に入る。この楽な生活に、私はすっかり慣れてしまった。関東にいくつかあるエデンの中で、私は自宅からひと駅先の店舗に勤務が決まり、通勤も苦ではない。

だけど、時々ふと考える。私、これからどうするんだろう。

東京に出ようと決めたときの熱い衝動も、それが実現したときの沸き立つ思いも、もう泡になって消えてしまった。

地元で東京に進学する子はほとんどいない。みんなに「すごいね」って言われて気持ちよく飛び出してきたけど、結局私は、ちっともすごくなれなかった。

すごくやりたいことや楽しいことがあるわけでも、恋人がいるわけでもなく、ただもう不便な暮らしをしたくないというだけ、田舎に帰ったところで何もできないだけだ。

このままなんとなくエデンにいて、なんとなく年をとっていくのかな。目標も夢もなく、コーラルピンクの中身だけが老いていくのかな。土日休みじゃないから友達づきあいも減ったし、そのせいだけじゃないだろうけど彼氏もできないし。

転職。

そんな言葉がちらりと頭をかすめることが何度かある。でもそれには途方もない労力が必要な気がして、動くパワーが出ない。そう、私には基本的なパワーがないのだ。今から履歴書を書くのさえ億劫なくらいに。

だいいち、新卒でエデンしか受からなかった私に、中途でやれる仕事なんてあるんだろうか。

「あ、朋香ちゃん」

トレイを持った桐山《きりやま》くんが声をかけてくれた。ZAZというメーカーの眼鏡売り場の男の子だ。四つ年上の二十五歳で、私がこの職場でフランクに話せるのは彼しかいない。

桐山くんは四ヵ月前からここの店舗に来ている。エデンではなくZAZの社員なので、時々違う店舗の応援に呼び出されたりしているから、話すのは久しぶりだった。

トレイにはアジフライ定食と肉うどんが載っていた。桐山くんは細いのによく食べる。

「ここ、いい?」

「うん」

桐山くんは私の向かいに座った。丸みのある細いフレームの眼鏡が似合っていて、目の奥が温かい。彼はぴったりの仕事をしていると思う。そういえば、桐山くんは転職してZAZで働き始めたって、ちらっと聞いたことがある。

「桐山くん、前は何の仕事してたの」

「え、俺？　雑誌とか作ってた。編集したり、記事書いたり」

「ええーっ」

驚いた。出版社の人だったのか。物腰柔らかで人あたりのいい彼が、とたんに情報通で知的に思える。過去の経歴だけでもやっぱり職業ってその人のイメージを作る気がする。

「なんで驚くの」

「だって、すごい仕事じゃない」

桐山くんは小さく笑ってうどんをすする。

「眼鏡屋さんもすごい仕事ですよ」

「そうでした」

私も笑って、ソーセージパンをかじる。

「朋香ちゃんって、すごいっていうの口癖だよね」

「え、そうかな」

そうかもしれない。

沙耶が彼氏の話をしているときも何度か「すごいね」って返信していた気がする。私は何に対して「すごい」って思うんだろう。特殊な才能とか豊富な知識とか？　誰でも簡単にはできないようなこと？

いちごミルクを飲みながら「エデンで終わっちゃうのかなぁ、私」とつぶやくと、桐山くんは眉毛を片方上げた。

「どうしたの。転職でもしたいの？」

私はちょっと躊躇《ちゅうちょ》したあと、小声で答えた。

「うん……まあ、最近そんなことも考えてて」

「また接客業で？」

「ううん。今度はオフィスで働きたいなあ。服装自由で、土日休みで、自分の席があって。会社の近くのカフェで同僚とランチしたり、給湯室で上司の愚痴言ったり」

「……どこにもお仕事のシーンが見当たりませんが」

桐山くんが苦笑する。だって私にも何の仕事なのかわからないから仕方ない。

「朋香ちゃんは社員なんだから、何年かがんばれば本部に行けるんじゃないの？」

「それはそうなんだけど」

エデンは、入社後最低三年間は店舗で働くことになっている。現場を経験したあと、希望を出して本部に移るというキャリアコースは確かにある。総務部とか人事部とか、商品開発部ならバイヤーやイベント企画とか。私が言うところのオフィス勤務だ。

でも、実際のところ希望を出しても叶うことは少ないとも聞いた。店舗勤務がある程度のところまできたら「部門チーフ」に昇格するのが一番現実的だ。私の上司の上島さんというやる気のなさそうな男性がそうだ。五年前から部門チーフをしている三十五歳の彼を見ていると、うまくいってもこんな感じかと思ってしまう。昇格と言ったって、仕事内容はそう変わらず責任が増えるだけだし、何よりも、パートさんをまとめなければならないのだ。考えただけでぞっとする。多少お給料が上がったって、そんなの自信がない。

私は桐山くんに訊ねた。

「ZAZの仕事、どうやって探したの」

「転職サイトに登録してて。けっこうたくさんきたよ。その中から選んだ」

桐山くんはスマホを開いて見せてくれた。

希望の職種などの条件と、こちらの経験やスキルを登録しておくと、それに合う求人情報をメールで教えてくれるのだ。記入例を見てみると、かなり細かい。資格各種、TOEICのスコア、運転免許……。四角いボックスにチェックするようになっている。

「スキルっていってもなぁ。私、英検3級しかないよ」

運転免許ぐらい、取っておけばよかった。車がないと生活できない地元人は、高校を卒業すると春休みにこぞって自動車学校に行く。上京することが決まっていた私は必要ないと思って遊んでいた。英検は中学のとき半強制的に学校で受けさせられたもので、3級ぐらいじゃなんの効力もない。

登録フォームをたどっていくと、パソコンスキルのチェック項目がさらに細分化されていた。ワード、エクセル、パワーポイント。その他は聞いたこともないものが並んでいる。

一応、ノートパソコンは持っている。短大のころ、レポートや卒論を書くのに使っていた。でも就職してからはそんな書類を書く機会もないし、突然ルーターが壊れてしまい、新しいものを買ってWi-Fiにつなぐのが面倒くさくてよくわからなくて、それきり閉じたままだ。パソコンを使わなくてもスマホでだいたいのことはできる。

「私、ワードは文章打つだけならなんとかできると思うけど、エクセルはわかんない」

「オフィスで働きたいなら、エクセルぐらいは使えたほうがいいよ」

「でもスクール通うの高そうだし」

するとね桐山くんは、意外なことを言った。

「スクールなんか行かなくても、公民館とか区民センターとかでよくやってるじゃん。地域住人向けの安いパソコン教室」

「え、そうなの？」

食べ終わったパンの袋をまるめながら腕時計を見たらもう、残り十分を切っていた。トイレにも行きたいし、三分前にはレジに行っていないと、沼内さんに怒られる。

私はいちごミルクを飲み干し、席を立った。


その夜、自分の住んでいる「羽鳥《はとり》区」と「区民」「パソコン教室」と打ってスマホで検索したら、案外いろいろと出てきてびっくりした。こんなにあるんだ。

「羽鳥コミュニティハウス」というのが目に留まる。住所を確認したら、すぐ近所だ。うちから十分もかからないところにある小学校に併設されているようだった。

ホームページを開いてよく見ると、いろいろな講座や催しが行われていた。将棋、俳句、リトミック、フラダンス、健康体操。フラワーアレンジメントや講習会などのイベントもわりと頻繁に企画されている。区民であれば誰でも参加できるらしい。

小学校にこんなものがあるなんて。このアパートに住んで三年ぐらいになるけど、そんなことぜんぜん知らなかった。

パソコン教室は、集会室で行われているようだ。ノートパソコン持参、貸出あり。受講料一回二千円。毎週水曜日、二時から四時。個人レッスンで、好きなときにだけ参加できるらしい。土日ではなく平日なのも私にはありがたかった。今週のシフトは、さっそく水曜日が休みだ。


「初心者の方、大歓迎。自分のペースで学習したい方にお勧め。講師が個別に指導します。パソコンの操作方法、ワード、エクセルの使い方から、ホームページの作成、プログラミングなども学習できます。講師・権野（ごんの）」


………これなら、できるかも。

私は申し込みのフォームを開き、エントリーした。まだ何もしていないのに、すでにエクセルを使いこなしている自分が思い浮かばれて、私は久しぶりに高揚感を覚えた。

二日後の水曜日、私はノートパソコンを持って小学校を訪れた。

ホームページの案内図によると、小学校の塀をぐるっと回ったところに細い通路があり、そこから入るようになっているらしい。二階建ての白い建物だ。ガラス扉に庇みたいな小さな屋根がついていて、「羽鳥コミュニティハウス」と看板が打ち付けてある。

私は扉を開けた。入ってすぐのところに受付があり、カウンターの中に豊かな白髪のおじさんが座っていた。その奥は事務室になっていて、頭にバンダナを巻いたおばさんがデスクで書き物をしている。私はおじさんに声をかけた。

「あの、パソコン教室に来たんですけど」

「ああ、それ書いといてね。集会室Aでやってるから」

おじさんは、カウンター上のバインダーを指さした。来館者の名前と目的、入退館時刻を書き込む表が挟まれている。

集会室Aは一階だった。受付前を通り過ぎるとロビーのようなスペースがあり、そこを右に曲がるとすぐだった。引き戸は開かれていて、中が見える。向い合わせに設置された長テーブルにはすでに、私より少し年上っぽいふわふわした髪の女の人と、角ばった顔のおじいさんが、対面に座りパソコンを開いていた。

講師の権野先生は男性だと思い込んでいたら、五十代半ばの女性だった。私が「藤木です」と名を告げると、権野先生はさっぱりとしたスマイルを見せる。

「お好きなところにどうぞ」

私は女の人が座っている側の、一番端の席に座った。おじいさんも女の人も、私のことは気にせず自分の作業に夢中になっている。

持参したノートパソコンを開く。念のため、一度家でも久しぶりに立ち上げてみた。充電したのさえ久しぶりだったからか、起動までにやたら時間がかかったけど、特に問題なく動きそうだった。

でも、スマホばかり使っているせいで、キーボードでのタイピングがぜんぜんできない。ワードも練習したほうがいいのかもしれない。

「藤木さんは、エクセルをやりたいんでしたよね」

申し込みのときにエクセルを教えてほしいと伝えてあったからだろう。権野先生が私のパソコンをのぞきこんだ。

「はい。でもこのパソコン、エクセル、入ってないんです」

権野先生は画面をぱっと見ると、マウスをちょいちょいっと動かす。

「入ってますよ。ショートカットしておきますね」

画面の端に、緑色の四角いアイコンが現れた。エクセルを表す「X」がついている。

びっくりした。このパソコン、エクセルを隠し持っていたのか。

「ワードを使われてるみたいだから。オフィスが入ってるんじゃないかなと思って」

オフィスが入っている？　何を言っているかわからなかったけど、よかった。そういえばワードだって、短大のとき自分では設定できなくてクラスの友達にやってもらったんだった。人任せだとこうなる。

そして私は二時間、先生に教えてもらいながら、エクセルを一から学んだ。先生は他のふたりの生徒のところを行ったり来たりしながら、新顔の私のことを特に気にかけてくれていた。

一番驚いたのは、数字を何列も打ち込んだマス目をざーっと囲ってキーを押すだけで、一発で合計が出ることだ。こんなに便利な機能があることに感動して「ええっ！」と声を出してしまい、先生に苦笑された。

指示されたとおりに練習している間、他の生徒と先生の会話が耳に入ってくる。ふたりとも何度かここで受講しているようだ。おじいさんは野花に関するホームページを作っていて、女の人はネットショップをオープンさせようとしているらしかった。

……私がうだうだと腐っている間にも、こんなに近くの、こんなに小さな部屋で、積極的に学んでいる人たちがいたんだ。そう思うとなんだか自分がますます情けなかった。

終了時間が近づくと、先生は私に言った。

「テキストは特に用意していないんですけど、お薦めの本をお伝えしておきますね。でもこれに限らず、本屋さんや図書館で手に取ってみて、自分で使いやすそうなのがあれば」

先生はパソコンガイドの本をこちらに掲げながら、にっこりと続けた。

「それから、このコミュニティハウスの中にも、図書室がありますし」

図書室。

学生時代に戻ったような、優しい響きだった。としょしつ。

「そこで本を借りられるんですか」

「ええ、区民なら誰でも。六冊まで、期間は二週間だったかな」

おじいさんが先生を呼ぶ。先生はそちらに行ってしまった。

私は先生が教えてくれた本のタイトルをメモし、ノートパソコンを閉じて部屋を出た。


図書室は、一階のいちばん奥にあった。

集会室をふたつ、和室をひとつ越えて、給湯室の隣の部屋がそうらしい。

入口上部の壁に「図書室」と書かれたプレートが設置されており、引き戸が大きく開かれていた。

そっと中をのぞくと、教室ひとつぶんぐらいの大きさの部屋に、本棚が立ち並んでいる。入ってすぐ左手がカウンターになっていた。隅に「貸出・返却」というプレートが置いてある。

紺色のエプロンをかけた小柄な女の子が、カウンター前の棚に文庫本を戻している。私は思い切って声をかけた。

「すみません、パソコン関係の本はどこですか」

女の子がぱっと顔を上げた。びっくりするくらい目の大きな、高校生にも見えるほど若い子だった。ポニーテールの先が揺れる。胸元のネームホルダーには「森永のぞみ」と名前が書かれていた。

「パソコン関係ですね。こちらです」

森永のぞみちゃんは文庫数冊を手に持ったまま、閲覧テーブルの脇を通り、壁際の大きな本棚に案内してくれた。

パソコン、語学、資格。仕切りで見やすく分けられている。

「ありがとうございます」

私が本棚に目をやると、のぞみちゃんは笑顔で言った。

「レファレンスが必要でしたら、司書がいますので奥にどうぞ」

「レファレンス？」

「はい。どんな本をお求めかご相談いただければ、お調べします」

「ありがとうございます」

私はのぞみちゃんに会釈した。彼女も軽く頭を下げ、文庫棚に戻っていく。

パソコンの棚を見回す。権野先生が教えてくれた本はなかった。どれがいいのか自分ではさっぱりわからず、私は司書さんに訊いてみることにした。

奥って言ってたっけ。カウンター前まで一度戻り、図書室の奥を見ると、ついたてがあった。その向こうの天井に「レファレンス」というプレートが吊り下がっている。

私はそこまで歩いていき、ついたてを越えて目を見開いた。

ついたてとL字形カウンターの間に埋まるようにして、司書さんがいた。

ものすごく……ものすごく、大きな女の人だった。太っているというより、大きいのだ。顎と首の境がなく色白で、ベージュのエプロンの上にオフホワイトのざっくりしたカーディガンを着ている。その姿は穴で冬ごもりしている白熊を思わせた。ひっつめられた髪の頭の上には、ちょこんと小さなおだんご。そこにはかんざしが一本挿してあり、先には上品な白い花飾りの房が三本垂れていた。うつむいてなにか作業をしているようだけど、ここからだとよく見えない。

首からかけているネームホルダーには、「小町さゆり」とある。なんて可愛い名前。

「……あのぅ」

近づいて行って声をかけると小町さんは、ちろっと目だけこちらに向けた。三白眼が鋭くて身がすくむ。カウンター越しに手元を見ると、ハガキサイズのマットの上で、ピンポン玉みたいな丸いものに針をざくざくと刺していた。

思わず、ひえっと声を出しそうになった。なにしてるんだろう。誰かへの呪い？

「い、いえ、いいです」

あわてて退散しようとすると、小町さんは言った。

「何をお探し？」

その声に捕らえられた。

抑揚のない言い方なのに、くるむような温かみがあって、私は去りかけた足を止めた。にこりともしない小町さんから発せられるその言葉は、どっしりとした不思議な安心感があった。

……何をお探し？

私が探しているのは。

仕事をする目的とか、自分に何ができるのかとか、そういうこと。

でもそんなこと、司書の小町さんに話したってきっと答えてなんかもらえない。彼女がそういう意味で言ってるんじゃないことくらい、わかっている。

「……あの……パソコンの使い方が載っている本を……」

小町さんはすぐそばにあった濃いオレンジ色の小箱を引き寄せた。六角形の飾り枠と白い花が描かれたパッケージは、ハニードームというお菓子の箱だ。洋菓子メーカー呉宮堂《くれみやどう》のロングセラーで、私も大好きなドーム形のソフトクッキー。そんなに高級品じゃないけどコンビニでひょいと買えるものでもなく、ほんのちょっとの贅沢という感じがまたいい。

箱の蓋が開かれると、小さなハサミや針が見えた。空き箱を裁縫箱《さいほう》にしているらしい。持っていた針と玉をしまい、小町さんは私をじっと見た。

「パソコンで、どんなことをするの」

「まずはエクセルとか。スキル項目にチェックできる程度には」

小町さんは「スキル項目」と復唱した。

「転職サイトに登録しようと思っているんです。今の仕事に、やりがいとか目的が見つけられなくて」

「今はどんな仕事をしているの？」

「たいした仕事じゃないです。総合スーパーで婦人服売ってるだけ」

小町さんは、こきんと首を傾けた。頭のおだんごに挿したかんざしの花がきらっと光る。

「自分の仕事が……スーパーの販売員がたいした仕事じゃないって、ほんとうに、そう思う？」

私はぐっと言葉をつまらせた。小町さんは黙っている。私の答えを静かに待っているようだった。

「だって……。誰でもできる仕事だし。すごくやりたかったとか、夢があるとかじゃなくて、なんとなく入社しちゃった感じで。でも働かないと、ひとり暮らしだし、誰も養ってくれないし」

「でもあなたは、ちゃんと就職活動して採用されて、毎日働いて、自分で自分を食わせてるんでしょう。立派なもんだよ」

ちょっと泣きそうになる。そんなふうに、ありのままの私にストレートな肯定をもらえたことに。

「食わせてるったって……コンビニでパン買うくらいです」

心が揺れたのをごまかそうとして、なんだか的外れなことを言ってしまった。食わせてるって、そういうことを言ってるんじゃないはずなのに。小町さんはさっきとは反対の方向に首を傾ける。

「まあ、動機はどうあれ、新しいことを学ぼうっていう姿勢はいいと思うよ」

小町さんはパソコンに向かい、つ、とキーボードに両手を置いた。

そして、しゅたたたたたっとものすごいスピードでキーを打った。目にも留まらぬ速さで、私は腰を抜かしそうになった。

最後にターンッと一打ちし、その手を軽く上げる。とたんに、そばにあったプリンターが動き始めた。

「初めてエクセルを覚えるなら、このあたりかな」

プリントアウトされた紙を一枚、小町さんが渡してくれた。本のタイトルと著者名が表になっている。隣に書かれた数字は分類番号と棚番号らしい。『ゼロからスタートするワード&エクセル入門』『EXCEL 初めての教科書』『EXCEL 時短で快速便利帳』『簡単Office入門』。そして一番下に、異質な文字の羅列《られつ》があった。

『ぐりとぐら』。

私はきょとんとそのひらがな五文字を見た。

これって、あの『ぐりとぐら』？　野ねずみがふたり出てくる絵本？

「ああ、それと」

小町さんは回転椅子を少しだけまわしながら、カウンター下に腕を伸ばした。

少し身を乗り出してのぞくと、そこには引き出しが五つついた木製のキャビネットがあった。小町さんは一番上を開ける。ここからはよく見えないけど、色とりどりのもこもこしたものがぎっしりつまっていた。小町さんはそこから何かひとつつまみ、こちらに手を差し出してきた。

「はい、どうぞ。あなたには、これね」

条件反射で開いた私の手のひらに、小町さんはぽんと軽いものを置いた。五百円玉ぐらいの黒い円に、柄のようなものがついている。

……………フライパン？

フライパンの形をした、羊毛フェルトだ。取っ手のところに小さな金具が輪になってついている。

「えっと、これは？」

「付録」

「ふろく？」

「本に付録ついてると楽しいでしょ」

私はそのフライパンをまじまじと見た。本の付録。まあ、可愛いけど。

小町さんはハニードームの箱から再び針と玉を取り出した。

「やったことある？　羊毛フェルト」

「いえ。ツイッターとかで見たことはあるけど」

小町さんは針を私の前に掲げた。持ち手の頭は直角に曲がっていて、細い針の先はちっちゃな突起がいくつもついている。

「羊毛フェルトって、不思議よね。針でコツコツ、コツコツ、ひたすら刺してると、立体になっていくんだよね。ただ刺してるつもりでも、針の先にこっそり仕掛けがあって、細い毛をからめとりながら形になっていくの」

小町さんはそう言い、またざくざくと玉に針を刺しはじめた。このフライパンも小町さん作なのだろう。引き出しの中には無数の羊毛フェルト作品が入っているに違いない。付録として配るために？

司書としての仕事は済んだと言わんばかりに、小町さんは一心不乱に手を動かしている。いろいろ聞きたいことはあったけど、邪魔をしたら悪いかと、私は「ありがとうございました」とひとこと残して場を離れた。

表に書かれたパソコン本の棚番号はさっきののぞみちゃんが教えてくれたところで、私はタイトルを照合して手に取りながら、わかりやすそうなものを二冊選んだ。

そして番号がひとつだけ違う、『ぐりとぐら』。

幼稚園のころに何度も読んだ。お母さんも読み聞かせしてくれた気がする。でも、なんでの絵本？　小町さん、打ち間違えたのかな。

絵本や児童書は、低めの本棚で囲われた窓際にコーナーが作ってあった。床にはウレタン素材のジョイントマットが敷かれ、靴を脱いであがるようになっている。

可愛い絵本に囲まれて、ほわっと気持ちが和む。『ぐりとぐら』は三冊あった。定番で人気だからたくさん置いてあるのだろう。借りてみようか。まあ、タダだし。

私は二冊のパソコンガイドと『ぐりとぐら』をのぞみちゃんのいるカウンターに持っていき、保険証で貸出カードを作って本を借りた。


帰りにコンビニに寄って、シナモンロールパンとアイスオレを買った。

テレビを見ながらそれを食べ終えると、今度はしょっぱいものが食べたくなって、私は食器棚に積んであるカップラーメンをひとつ取り出した。時計を見るともう六時だ。今日の夕飯はこれでいい。

水を入れたやかんを火にかけ、私は借りてきた本をバッグから取り出した。パソコンガイド。これをマスターして、オフィスでパソコンを操る自分を想像してみた。

そして、もう一冊ある。『ぐりとぐら』。

固くて頑丈な白い表紙。子どものころはもっと大きな本だと思っていたけど、あらためて手に取ってみると普通のノートのサイズとあまり変わらなかった。開く向きが横だから、大きく感じたのかもしれない。

手書きのタイトルの下で、ふたりの野ねずみが仲良く大きなかごを持ち、顔を見合わせながら歩いている。左の子は青、右の子は赤の、おそろいの帽子と服。

どっちがぐりで、どっちがぐらだっけ。双子なんだよね、たしか。

よく見ると、タイトルの「ぐり」が青で「ぐら」が赤い字だ。

あっ、これってそういうこと？

そのことに気が付いて、私はなんだかテンションが上がった。それがわかると、物語に入りやすくなる。

ぱらぱらめくりながら、絵の流れを追ってみた。森に行ったぐりとぐら。そうそう、大きな卵を見つけて……。終盤、ページをまたがった真ん中に、大きなフライパンが描かれ、その中に焼きあがったホットケーキが盛り上がっている。

そういえば、司書の小町さんからフライパンもらったっけ。そう思いながら、私はそのページの文字を読んだ。

「きいろいかすてらが、ふんわりとかおをだしました。」

その一文に、ちょっと驚く。

えっ、カステラだった？　私はずっと、ホットケーキだと思っていた。

ページを前にたどると、ぐりとぐらが「おりょうり」している。卵と砂糖、牛乳と小麦粉。まぜて、フライパンで焼いて。案外簡単にできるんだな、カステラって。

ピイッとやかんの笛が鳴る。

私は立ち上がってガスを止め、カップラーメンの包みをはがした。

何度も読んだと思ってたけど、忘れてるもんだな。いいかげんに覚えていると言ったほうがいいか。

でも、大人になってから子どものころ読んだ絵本をあらためて見てみるとおもしろいものだった。新しい気づきがあって。

カップラーメンにお湯を注ぎ、蓋をしたところで電話の着信音がした。

スマホを見ると、沙耶だ。電話なんて珍しい。めちゃくちゃ落ち込んでいるか、めちゃくちゃハッピーかのどちらかだ。

私はお湯を入れてしまったカップラーメンを横目に三秒迷って、電話に出た。

「あ、朋香、急にごめんね。今日休みだったよね」

「うん」

沙耶は申し訳なさそうに言う。

「ごめん、ちょっと朋香に相談があって。今話して大丈夫？」

「大丈夫だよ、どうしたの」

私が聞く体勢をとると、あのさぁ、と声の調子が急に変わった。

「来月、クリスマスじゃん？　彼と、プレゼントはお互いに欲しいものを言い合おうってことになったんだけどさあ。どういうのリクエストしたらいいかな。高すぎても可愛くないし、安すぎても逆にがっかりさせちゃうかもだし。朋香ならセンスいいから、何かいいアイディアあるかなと思って」

　…………ハッピーのほうだった。

　私はカップラーメンの行方を思って少し後悔した。そんな話なら、食べ終わってからにすればよかった。今さらあとにしてとは言えず、小さく「あー」とだけ答え、スピーカーモードにしてスマホをローテーブルに置いた。沙耶の話に相槌を打ちながら、割りばしを割り、音を立てないようにカップラーメンを食べる。気の乗らない私の声に気づいたのか、沙耶が言った。

「あれ、忙しかった？　なにしてたの」

　カップラーメン食べようと思ってた。というか食べている。それを悟られないように私は答えた。

「ううん、大丈夫。絵本見てた。ぐりとぐら」

「ぐりとぐら？　あの卵焼き作る話？」

　うわてがいた。ホットケーキだと思っていた私のほうがだいぶ近い。

「卵焼きじゃないよ、カステラ」

「えっ、そうだった？　だって、森歩いてたら大きい卵に出くわしたってやつでしょ」

「そうだけど、何にしようかふたりで話し合って、結局カステラにしたんだよ」

「えーっ、カステラなの？　それって、普段から料理してる人の発想だよね。卵で何が作れるかわかってないと、思いつかない」

そういう考え方もあるか。

私はラーメンの汁をごくんと飲む。沙耶は続けて言った。

「やっぱり朋香は違うよねぇ。休みの日に絵本読むとか、なんか超オシャレでインテリっぽい。東京の人って、みんなそうなの？」

「どうだろう、絵本カフェとかはあるけど」

私は言葉を濁す。沙耶は高校を卒業してから、実家の金物屋を手伝っている。彼女は私のことを、東京という未知の世界を教えてくれる都会人だと思い込んでいる。

「すごいなあ、朋香。うちらの期待の星だよね。東京に出てバリバリのキャリアウーマンでさ」

「そうでもないって」

私は否定しながら、罪悪感にかられた。沙耶のその清らかな素直さに、自分の心の醜さが鏡みたいに映っている気がした。

私は沙耶に「アパレル系」と言っている。洋服を扱う仕事として嘘ではないぎりぎりのラインで思いついたのがその言葉だった。エデンの名前も言っていない。検索すればばれてしまうからだ。

私が沙耶を邪険にできないのは、友情というよりも、私を「すごい」って持ち上げてくれるからかもしれない。虚勢を張れる相手が欲しいのかもしれない。そうありたかった自分を、沙耶が創って見せてくれるからかもしれない。

短大のころは、彼女の賞賛がただ心地よかった。自分を鼓舞してくれた。でも最近は、「すごい」って言葉を受けとるのがしんどくなり始めている。

罪滅ぼしのような気持ちで私は箸を置き、たっぷり二時間、沙耶ののろけ話を聞いた。


翌朝、私は寝坊して髪もろくにとかさず化粧もせず電車に飛び乗った。

布団に入ってからスマホをいじっていたら眠れなくなった。好きなアイドルの動画を見始めてしまったのがいけなかった。気が付いたら朝方で、寝不足だ。早番だったのに。

開店後、あくびを噛み殺しながら下の段の商品を整えていたら、頭の上に怒鳴り声が落ちてきた。

「いたいた！　ねえちょっと、あなた！」

きんきんと耳をつんざく高い声。しゃがんだまま顔をそちらに向けると、髪を振り乱した女性が仁王立ちで私を見下ろしている。

数日前、赤紫と茶色のどっちがいいか聞いてきたお客さんだ。

私はあわてて立ち上がった。お客さんは赤紫のニットを私につきつける。

「どういうことよ、こんな不良品、売りつけて」

体中の血が下がる。不良品？　何かあっただろうか。

「洗濯機にかけたら縮んじゃったじゃないのっ！　返品するから、お金返してちょうだい」

いったん下がった血が、上がってくる気がした。答える声がつい強くなる。

「お洗濯された商品は返品できかねます」

「あなたがこっちがいいって言ったから買ったのよ！　責任取りなさいよ」

そんなの言いがかりだ。今まで、多少のクレームを受けたことはあったけど、こんなムチャクチャな人は初めてだった。

なんとか平静を取り戻そうと、私は考えをめぐらす。研修でも習ったはずだ。こういうとき、どうすればいいのか。しかし戸惑いを超えた怒りで頭がまっしろになって、対応策が思い浮かばなかった。

「そうやって粗悪品《そあくひん》を売りつけて、私のことバカにしてるんでしょっ」

「そんなことありません！」

「あなたじゃ話にならないわ。上の人を呼んで」

頭の奥でカチンと音がする。バカにしてるのはそっちじゃないの。

私だって「上の人」になんとかしてもらえるならそうしたい。でも間の悪いことに、部門チーフの上島さんは今日は遅番だ。

「本日は午後出社となっております」

「あっそう。じゃあ、午後にまた来るわ」

お客さんは私のネームホルダーに目を走らせ、「藤木さんねっ！」と言い捨てて去った。

地元仲間の期待の星、バリバリのキャリアウーマンである私は、不条理なクレーマーに無能扱いされ罵倒《ばとう》され、怒りに震えて泣いている。

こんな姿、沙耶には絶対に見せたくない。

がんばって勉強して、田舎を脱出して東京に出たって、このざまだ。

十二時に上島さんが来たので報告をすると、眉間にしわを寄せて彼は言った。

「そういうのさあ、うまく処理してよぉ」

期待はしていなかったけど、あんまりな言い草だった。お客さんに対するのとは別の怒りが湧いてくる。

そこに通りかかった沼内さんがちらりと私たちを見た。イヤだ、こういうことを沼内さんに知られたくなかった。できない社員だと思われるのはいたたまれない。

くすぶった気分のまま、休憩時間になった。

今朝は遅刻しそうだったからコンビニに寄れなかった。バッグの中にスナック菓子の袋があるからそれでいいやと思っていたけど、そういえばおととい、家で食べてしまったんだった。お昼ご飯、どうしようか。制服を着たまま食品売り場に行くことは禁止されているし、外をうろうろもできない。窮屈だ。パンプスの中の指ぐらいに。

でも、気が重いせいかおなかはぜんぜんすいていないし、わざわざ着替えるのも社員食堂に行くのも気が進まない。ふと、非常階段に続く扉が目についた。そういえばここって、開けられるのかな。

扉に手をかけたら、ぎいっと開いた。非常階段なんだから当然といえば当然だった。風が入ってくる。私は逃げるみたいに外へ出た。

「あ」

「あ」

同時に声が出た。そこに桐山くんがいたのだ。踊り場に座って、階段に足を下ろして。

「見つかった」

桐山くんはそう言って笑い、耳からワイヤレスイヤホンを外した。スマホで音楽でも聴いていたのだろう。片手に文庫本、座っている腰の近くには、ペットボトルのお茶と、アルミホイルに包まれた丸い玉がふたつあった。桐山くんは私を見上げながら言う。

「どうしたの。こんなとこ飛び出してきて」

「……桐山くんこそ」

「俺はわりとここ常連なの。ひとりでいたいときとか。今日は小春日和のいい天気だし」

そう言いながら桐山くんはアルミホイルの玉を指さした。

「おにぎり、食う？　俺が作ったのでよければ」

「桐山くんが作ったの？」

「うん。さっき一個食っちゃったから、イチオシの鮭はないけど。焼きたらこと昆布、どっちがいい？」

不意に、空腹をおぼえた。さっきまでぜんぜん、食欲なかったのに。

「……焼きたらこ」

座れば、と桐山君が言うので、私は隣に腰を下ろした。

おにぎりを受け取り、アルミホイルを剝く。ラップに包まれたおにぎりが顔を出して、私はさらにその透明の包みを開いた。

「お料理、するんだね」

私が言うと、桐山くんは「するようになった」と短く答えた。

おにぎりを一口、食べる。ごはんについている塩加減がいい感じだ。おいしい。ぷっちりした焼きたらこと、しっかりにぎられたごはんが絶妙な好相性だった。白に抱かれているようなコーラルピンク。私は黙ったまま、ぱくぱくと夢中で食べた。

「そんなにうまそうに食べてくれて、嬉しいなあ」

桐山くんが笑った。なんだか急に、元気が出てきた。こんなに即効性があるんだ。

「……おにぎり、すごい」

「だろ？　すごいよな！」

予想以上に反応のいいリアクションだったので、ちょっと驚いて桐山くんを見ると、彼は言った。

「メシ、大事だよ。しっかり働いてしっかり食う」

なんだかすごく、想いのこもった声だった。私は訊ねる。

「桐山くん、なんで出版社辞めちゃったの」

桐山くんはおにぎりのアルミホイルを剝き始めた。

「出版社じゃなくて、編集プロダクションにいたんだ。スタッフ十人くらいの」

そうか、雑誌を作るって出版社だけじゃないんだ。

いろんな会社があるし、いろんな仕事がある。私は知らないことばっかりだ。桐山くんは続けた。

「雑誌だけじゃなくて、何でも屋っていうか。チラシとかパンフレットとかも。映像にまで手を出しかけててさ。社長が見切り発車でぼんぼん仕事受けてくるから、実際に作業するこっちはもうへとへと。徹夜あたりまえだし、会社の床に上着敷いて寝たりとか、風呂に三日入ってないとか」

桐山くんは笑いながら、ふと遠くに目をやる。

「でも、この業界ってそういうもんかなと思ってたし。それも含めて、雑誌の仕事してる俺ってすごいじゃん……って、勘違いしてた」

そこから桐山くんは、黙っておにぎりを三口食べた。私も黙る。

「…………メシ食う時間もぜんぜんなくて、体調ガタガタで、栄養ドリンクの空き瓶がそこらじゅうに転がってて。あるとき、それ見てたら急に、あれ、俺、なんで働いてるんだっけって疑問がわいてさ」

桐山くんは最後のかたまりを口に放り込んだ。

「食うために仕事してるのに、仕事してるせいで食えないなんて、そんなのおかしいと思ったんだ」

アルミホイルをくしゃっと握り、桐山くんは「うまかった」とつぶやく。そしてこちらに顔を向けて明るく言った。

「今は人間らしい生活してるよ。ちゃんと食ってるし、寝てるし、戦略的な目でしか見られなかった雑誌や本を読むのも心から楽しんでる。毎日のことを立て直して、体調を整えてるところ」

「……雑誌作るのって、そんなに大変なんだね」

「いや、そんな会社ばっかりじゃないから！　たまたま俺がいたところはそうだったってだけで」

桐山くんは手をぶんぶん振る。何かをかばうように。私が偏見を持たないようにしているのかもしれない。やっぱり彼は、雑誌の仕事が好きだったんだろう。過酷な状況が、その気持ちをへこませてしまっただけで。

「それに、あの会社や、あそこでがんばってる人を否定する気はないんだ。ちゃんと自分をコントロールできればああいうやり方が合ってる人もいるのかもしれないし、仕事漬けになることに充実感を得る人もいるんだと思う。ただ俺は、違ったってこと」

桐山くんはお茶をゆっくりと飲んだ。

私は遠慮がちに訊ねる。

「眼鏡屋さんって、ぜんぜん違う職種じゃない。そこに不安はなかったの？」

「前、雑誌で眼鏡特集の記事を書いたことがあったんだけど。そのときにかなり綿密な取材したの。それで、眼鏡面白いなって思ったのが受けるきっかけだった。採用試験のとき、面接官がたまたまその雑誌を読んでくれてたらしくてさ、大盛り上がりだよ。インタビューした眼鏡デザイナーが知り合いだったみたいで」

桐山くんは嬉しそうに続けた。

「そういうのって、狙ってどうこうできることじゃないじゃん。だから、まず俺に必要なのは、目の前のことにひたむきに取り組んでいくことなんだと思った。そうやってるうち、過去のがんばりが思いがけず役に立ったり、いい縁ができたりね。正直、ZAZに転職して、これから先のことをはっきり決めてるわけじゃないよ。決めてもそのとおりにいく保証はないし。ただ」

そこで一度区切ると、桐山くんは静かに言った。

「何が起きるかわからない世の中で、今の自分にできることを今やってるんだ」

私じゃなく、自分に話しかけるように。

私が休憩から戻ると、上島さんの姿がなかった。

スタッフ何人かに訊いたら、急に品出しチェックしてくると言ってどこかへ行ってしまったらしい。逃げたな、と思ったけどどうすることもできない。

午後二時を過ぎたころ、さっきのお客さんがやってきた。

「上の人、いらしてる？」

私は身を固くする。返品を受けるわけにはいかないし、どう説得すればいいのだろう。でも対応するしかない。私が取り組むべき「目の前のこと」は、もっかこの件なのだ。

すると、レジにいたはずの沼内さんがすっと横にきた。

「お客さま。どうされましたか」

お客さんは沼内さんを「上の人」だと認識したのだろう、矢継ぎ早に文句を並べたてた。断定的に、一方的に、私が悪者だった。沼内さんは、お客さんの気が済むまで真剣な表情で「ええ」「はい」「そうでしたか」と相槌を打っている。お客さんがしゃべりたいだけしゃべると、沼内さんは穏やかに言った。

「まあ、洗濯機でお洗濯を。それは縮んでしまいますね、びっくりなさったでしょう」

お客さんの顔色が変わった。沼内さんがニットの裏をめくり、タグの洗濯表示を見せたのだ。桶に手を入れている図は、手洗いの意味を表すマーク。

「私もよくやってしまうんですよ、表示をちゃんと見ないで、洗濯機にガラガラかけちゃって」

「あ……それは」

お客さんが口ごもる。沼内さんは快活に続けた。

「でも、元に戻せる方法があります。洗面器にリンスをちょっと入れていただいてね、お湯で溶いて、セーターを浸していただいて。すぐに取り出して絞って伸ばして、平干しで完了です」

リズムの良い説明だった。

「このニットはたいへんな人気で、最後の一点だったんですよ。ちょっと独特なマゼンタで、なかなかこんな風合い出ませんもんね」

「マゼンタ？」

お客さんの顔が、ふとやわらかくなる。

「ええ、この色のことです」

赤紫のニットが急にファッショナブルに感じられた。マゼンタカラー。たしかにそういう言い方もある。

「デザインもシンプルでいろいろ合わせやすいですし。一枚持っていて絶対に損はないですもの。首元もスッキリしているし、この色なら春先までおしゃれに着られますよ」

「……リンスで、戻るのね？」

「ええ。それで戻ると思います。大切に長く着てくださいね」

完全に、沼内さんが流れをリードしていた。

クレーマー客をみるみるうちに納得させ、返品させない方向に持っていっている。

そして沼内さんはわずかに声のトーンを落とし、笑顔を保ちながらもシャープに言った。

「何かご要望がございましたら責任者からご連絡させますので、お客さまのお電話番号をお聞かせいただけますか」

ちょっとした圧をかけるのを忘れない。お客さんは少しひるんだ様子で、「いえ、別にいいわ」と言った。

見事だった。

やっぱり、絶対勝てない、かなわない。

そのあと沼内さんは気さくに会話を続け、お客さんは沼内さんにすっかり気を許した様子でなごやかに自分の話を始めた。

十年ぶりに会う友人との会食に着ていきたくて買ったこと、デパートは気後れするうえ、電車に乗って遠くまでは行きづらいこと、服選びに自信がなく、なにかひと工夫が欲しいということ。

沼内さんは私にレジへ行くようにと促したあと、お客さんにスカーフを勧め、結び方までレクチャーして購入に至らせた。それは遠目に見ても、お客さんや赤紫のセーターにとても似合っていた。

きっとあのお客さんは、約束の日、あのスカーフを結びながら鏡の中の自分にほほえむのだろう。久しぶりに会うお友達と、晴れやかな気持ちで食事をするのだろう。

沼内さんは、すばらしい仕事をした。本当にそう思った。

エデンの婦人服販売員が「たいした仕事じゃない」なんて、とんでもない間違いだった。単に私が「たいした仕事をしていない」だけなのだ。

私はあのとき、早く休憩に行きたくて、心のこもらない接客をしていた。きっとそれはお客さんにも伝わっていたに違いない。

お客さんはレジでスカーフの入った袋を受け取り、「ありがとうねぇ」と笑って帰っていった。良い買い物をしたときの、喜びの笑顔だった。

沼内さんが礼をする隣で、私も頭を下げる。

お客さんが見えなくなったのを確認すると私は、今度は沼内さんに深く頭を下げた。助けられた、本当に。

「……………ありがとうございます！」

沼内さんは、私にほほえみかける。

「ああいうときのお客さまってね、自分の話を聞いてもらえなかった、気持ちをわかってもらえなかったってことが悲しいのよ」

私は今まで、沼内さんの何を見てきたのだろう。えらそうにしているパートのボスとしか思っていなかったかもしれない。

私はどこかで……どこかで、沼内さんを見下していたんじゃないか。自分が正社員であること、若いことに、変な優越感を持っていたんじゃないか。あのお客さんや、食堂のおばちゃんに対しても、つまらない自尊心が働いていたんじゃないか。

恥ずかしい。ほんとうに、顔を覆いたいぐらい恥ずかしかった。

私はうつむいたまま言った。

「いろいろと、勉強不足でした」

ううん、と沼内さんは首を振る。

「私だって最初はぜんぜん。続けているうちにわかることってあると思う。それだけよ」

勤続十二年、板についたコーラルピンク。私は沼内さんを、心の底から「すごい」と思った。


その日は早番だったので、四時で上がった。

私は着替えると、食品売り場に行ってみようか、という気になった。桐山くんに触発されて、何か作ってみようと思ったのだ。

でも、何を作ればいいのか思いつかなかった。とりあえずパスタとか？　でも味付けを考えたらやっぱりわからなくて、温めるだけのソースを買って帰りそうだ。

上着のポケットに手を入れたら、やわらかなものが当たる。フライパンの羊毛フェルト。

小町さんにもらったまま、入れっぱなしにしていた。

そうだ、あれ、作れないかな。

ぐりとぐらの、黄色いカステラ。

私は食品売り場の手前にあるマクドナルドに入り、百円のコーヒーを飲みながらスマホでカステラの作り方を検索してみた。

「ぐりとぐら　カステラ」と打ち込むと、びっくりするくらいたくさんレシピやブログが出てきた。こんなに大勢の人が、あの絵本に魅せられ、あのカステラを作ってみたいと思うのだ。

粉をふるうとか、卵の黄身と白身を分けて、白身でツノが立つくらいのメレンゲを作って……なんていうところで早くもくじけそうになったが、いろんなサイトを開いているうち、必ずしもそうでなければならないということでもないと気がついた。レシピ考案者によって、材料の分量もやり方も少しずつ違う。そのうち、数行書いてあるだけのシンプルなものにヒットした。小麦粉をふるいにもかけず、卵を分けたりもしない。説明書きに「絵本になるべく忠実に作りました」とある。これなら私にもやれるかもしれない。

そうだ、今の自分にできることを今やる。それでいい。

用意するものは、フライパン、ボウル、泡だて器。

卵3個、小麦粉60グラム、砂糖60グラム、バター20グラム、牛乳30ＣＣ。

フライパンは直径18センチぐらいがいいらしく、蓋も必要だ。それから、ここには書いていないけど、はかりや計量カップも。

まったく恥ずかしいことに、私の部屋には今、これらのものがほとんどない。

そして……。

まったく素晴らしいことに、エデンでは、これらがすべて揃うのだった。


久しぶりに、ちゃんとキッチンに立った。

ボウルに割った卵に砂糖を入れ、泡だて器でまぜる。そこに、溶かしバターと牛乳を加える。この時点でもう、甘くていいにおいがした。お菓子を作っているという自分が、信じられなかった。

次に、小麦粉を入れてまぜこむ。ボウルの中で泡だて器をしゃかしゃかと回すその作業は、すごく生産的なことをしている気持ちにさせられた。

フライパンを火にかけてバターを塗り、生地を流し込む。蓋をして、ごく弱火でじっくり蒸し焼きに。あとは状態を見ながら、三十分ほど待てばいいらしい。コンロはひとつしかないけどガスでラッキーだった。うまくいきそうだ。

この狭いキッチンで、こんなに簡単にカステラができるなんて！

すごいじゃん、私。ためらいなく、そう思えた。

私はうきうきしながら両手を握った。手に粉がついている。それを洗うために洗面所に行った。

蛇口をひねり、ふと鏡をのぞく。そこにいる自分の顔を、まじまじと見た。

カップラーメンやコンビニの総菜パンばかり食べているせいで、肌がぼろぼろだった。冷蔵庫はすかすかで、とうの昔に賞味期限の切れた調味料が途方に暮れている。寝不足で顔色も悪くて、力が出ないのもあたりまえだった。

食事だけじゃない。床には埃が積もり、窓は汚れでくもっている。洗濯物は部屋干ししたまま、吊り下がっているものを外して直接身に着けるのが習慣になっていた。棚の上には、いろんなものが散乱している。がびがびに固まったネイルの瓶、三カ月前のテレビ雑誌、半年前に思いつきで買ったまま封も開けていないヨガのＤＶＤ。

私は今まで、自分をなんて粗末にしてきたんだろう。口に入れるものや身の回りのものをていねいに扱わないって、自分を雑にするってことだ。桐山くんとは少し違う意味で、私も「人間らしい生活」をしてきていなかったんじゃないか。

私は手をしっかり洗うと、カステラの焼き上がりを待つ間、ざっと部屋の掃除をした。洗濯物をたたんでしまい、床に掃除機をかける。やりはじめると体が勝手に動いた。こんなこと大仕事だと思っていたのに、狭い部屋は拍子抜けするほどすぐ片付いた。

見晴らしの良くなったワンルームに、ふんわりと甘いにおいが漂ってきた。キッチンに戻ってカステラの様子を見ると、ガラスの蓋にくっつきそうな勢いで、黄色い生地がふくらみはじめている。

「……すごい！」

思わず歓喜の声を上げる。あの絵みたいに、本当にちゃんとふくらむんだ。

嬉しくなって蓋をあけてみた。ふちはもうすでに、それらしく固まっている。ぷつぷつと気泡のできた中央はまだ半分ほど液状だったので、私はもう一度蓋をした。

私も、少しは人間らしい生活に近づいているかもしれない。そう思うとなんだかほっとした。

壁にもたれて座り、私は『ぐりとぐら』を開いた。

森の奥へと出かけていった、野ねずみのぐりとぐら。

どんぐりを　かごいっぱいひろったら、おさとうをたっぷりいれて、にようね。
くりを　かごいっぱいひろったら、やわらかくゆでて、くりーむにしようね。

ああ、と息がもれた。

ぐりとぐらは、卵を見つけるために森に入ったのではなかった。ましてカステラを作るためでもない。

おそらく彼らが日常的に食べている、どんぐりや栗を拾いに行っただけだ。いつものように。

そこで思いがけず出会った、大きな大きな卵。

「卵で何が作れるかわかってないと、思いつかない」と沙耶が言っていたのを思い出す。

そうか。そういうことか。

大きな卵と出会ったそのとき、彼らはもうすでに、どこかで習得していたのだ。

カステラの作り方を。

何かつかんだような気がして、ぽんと心が鳴った。

高まる気持ちを抱きながらキッチンに戻る。漂ってくるにおいが、少し香ばしくなっている。

蓋を開け、私はハッと息をのんだ。

ふくらんでいたはずの中央が、くぼんでいる。フライパンからあふれそうな生地の先が真っ黒になっていた。

びっくりして、フライ返しで皿にとった。縦にふくらむのではなく横にでろでろと広がったその物体は、底がすっかり焦げている。フライパンから外したとたん、それはさらにぺたりとしぼんでしまった。

「……なにこれ」

端をちぎって食べてみた。ぜんぜんカステラじゃない。ねちねちして、ゴムみたいに固くて。

何がいけなかったんだろう？　レシピどおりのはずだったのに。

やたら甘いだけの不気味なかたまりをもごもごと咀嚼していたら、急におかしくなってきて、笑ってしまった。

悲しい気持ちにはならなかった。愉快だとさえ思った。整った部屋や、流しの中の調理器具が、私をみじめにさせなかったからだ。

よし、リベンジ。

これから、習得していけばいい。

それから一週間、私は仕事を終えて家に帰るとカステラ作りに夢中になった。そのことがまるで、日課のように組み込まれていた。

ネットで集めた情報で、いくつかの改善策が見つかった。

卵はあらかじめ常温に戻す。焼いている間、フライパンを時々、濡れ布巾の上に載せて粗熱をとる。

それだけでも、やってみたらだいぶ良くなった。でもまだ思ったようにふんわりとは仕上がらない。そうなってくると、最初は見ただけで面倒に感じた「粉をふるいにかける」「白身と黄身を分けてメレンゲを作る」という作業がそんなに苦ではないように思えた。

私はさらに新しいアイテムとしてふるいを買った。メレンゲ作りはなかなか苦戦したけど、生地のキメが細かくなっていい感じだった。でも、まだ足りない。もう少し高い完成度を目指したいという欲が芽生える。

とうとう、思い切ってハンドミキサーを買った。きれいなメレンゲを作ってみたいと思ったからだ。

何度もトライしているうち、火加減や粗熱をとるタイミングがなんとなくわかるようになってきた。はじめのうち私が「弱火」と思っていたのはまだ強かったのだと思う。その「あんばい」のようなものは、自分で体感していかないとわからない。

――続けているうちにわかることってあると思う。

沼内さんの言っていたのは、こういうことなんだ。

そしてもうひとつ、変化があった。カステラを作るためにキッチンに立つようになって、簡単にだけど夕飯の調理にも手が伸び始めたのだ。カステラを上手に焼き上げることに比べたら、野菜や肉を切って炒めたり煮たりすることはシンプルでわかりやすかった。ごはんも炊飯器がおいしく炊いてくれる。あまったおかずを小さなタッパーに詰め、おにぎりを作って休憩時間に食べていたら桐山くんにものすごく驚かれた。私も驚いている。たった数日の心がけで、めきめきと体も心も元気になってきたのだから。

そして七日目の今日は、キッチンに立った瞬間に「いける」という気がした。

今までの失敗も成功も、すべて集結させた渾身の作。

蓋を開け、私はやっと満足してうなずく。そして声に出して言った。

「きいろいかすてらが、ふんわりとかおをだしました。」

私は絵本にあったように、フライパンからそのままカステラをちぎり、口に入れた。

ふわふわでおいしい。

私にもできた。森のみんなが目をまるくするようなカステラ。

じわっと、涙がにじむ。そして心に固く決めた。

これからは本当に……。

自分で自分を、ちゃんと食わせる。

切り分けたカステラを桐山くんにおすそわけすると、腹の底から感心したように「すごいなぁ！」と言ってくれた。私はその言葉を素直に受け取った。

彼のこの笑顔が見たかった。おにぎりのお礼をしたかった。だからがんばれたのかもしれないと気づいて、胸がきゅるっと甘く痛んだ。

そしてもうひとり。

帰りのロッカールームで、沼内さんにもカステラを渡す。あのときの、感謝の気持ちを伝えながら。

「ぐりとぐらのカステラ、まねして作ってみたんです」

私が言うと沼内さんは、ぱあっと笑った。

「ぐりとぐら！　私も子どもの頃、大好きで何度も読んだわぁ」

「えっ、沼内さんが子どもの頃ですか」

私がびっくりして目を見開いていると、沼内さんは口をとがらせる。

「やだ、私にだって子ども時代があったのよ」

それはそうだ。想像はつかないけど。

ロングセラーの絵本って、なんて偉大な力を持っているんだろう。ぐりとぐらは変わらない姿で、何世代にもわたって読む人を育てていくのだ。

沼内さんは思いめぐらすように宙を見た。

「私、あの絵本、なかなか一筋縄ではいかないところが好きよ」

「そういう話でしたっけ？」

私が首をかしげると、沼内さんは大きくうなずく。

「そうよ。卵は大きすぎてつるつるしてて運べないし、かたくて割れないし。おなべがリュックに入らないとか、次々難題にぶつかるじゃない」

桐山くんに『ぐりとぐら』のことを話したとき彼は、「森の動物たちが集まってケーキを食う絵本でしょ」と言っていた。あんな短い話なのに、人によってどんな本なのかがそれぞれ違うのだ。おもしろい。

沼内さんははしゃぎながら続ける。

「それで、ふたりでああしようこうしようって相談して、協力しあっていくのよね。あそこがホントに好き」

そして私に向かって、にっかりと笑った。

「ね、仕事は協力しあってやっていけばいいのよ」


水曜日、休日と重なった私はコミュニティハウスの図書室を訪れた。借りていた本を返却するためだ。あの日からちょうど、二週間がたっていた。

付録のフライパンは、金具の輪にストラップをつけてバッグに提げている。私にはもう、お守りのようなものだ。

図書室の入口でのぞみちゃんに本を返し、私は小町さんのところに行った。

小町さんはあのときと同じように、L字形カウンターとついたての間にぴったり埋まるようにして、針を動かしていた。

コツコツ、コツコツ。繰り返し刺し続けていくうちに、形になっていく羊毛フェルト。

私が目の前に立つと、小町さんは手を止めてこちらを見る。私はお辞儀した。

「ありがとうございました。『ぐりとぐら』も、フライパンも。……大事なこと、教えていただきました」

「うん？」

小町さんは、すました顔で首を傾ける。

「私は何も。あなたが自分で必要なものを受け取っただけ」

小町さんは相変わらず抑揚なく言う。

私はオレンジ色の箱を指さした。

「美味しいですよね、ハニードーム」

すると小町さんは、突然頬を赤く染め、歓喜の表情を見せた。

「これ大好きなの。いいよねえ。みんなが幸せになれるお菓子って」

私は大きく大きく、うなずいた。


時間だ。

図書室を出て私は、パソコン教室を受講するために集会室に向かった。

私はきっと、森の中に入ったところだ。

何ができるのか、何をやりたいのか、自分ではまだわからない。だけどあせらなくていい、背伸びしなくてもいい。

今は生活を整えながら、やれることをやりながら、手に届くものから身につけていく。備えていく。森の奥で栗を拾うぐりとぐらのように。

とてつもなく大きな卵に、いつどこで出会うかわからないのだから。

二章

諒

三十五歳　家具メーカー経理部

はじまりは、一本のスプーンだった。

小ぶりなそれはシルバーで、平べったい持ち手の先がチューリップのような山形になっている。

陳列棚に置かれたそのスプーンがなんとなく気になって、手に取った。よく見ると柄には羊の絵が刻まれていた。サイズからいってティースプーンだろう。僕はしばらくぼんやりとそれを眺め、手に持ったまま薄暗い店内を物色した。

狭い店の中には、とにかく古そうなものがひしめきあっていた。懐中時計、燭台《しょくだい》、ガラス瓶、昆虫の標本、何かの骨。ねじに釘、鍵。くすんだものものが長い長い時を重厚に抱き留めながら、裸電球に照らされて息をひそめていた。

そのとき僕は高校生で、朝家を出るときに母親とちょっと諍いをしたせいで学校が終わってからまっすぐ帰りたくない気分だった。それでひとつ前の駅で降りてふらふらと寄り道したのだ。

神奈川のはずれの、繁華街からは離れたその場所で、民家に紛れてその店はあった。入口には「煙木屋」という立て看板。端にENMOKUYAとアルファベットが並んでいた。えんもくや。ガラス張りのドアから見える商品から推し量るに、アンティークショップだということがわかった。

レジカウンターの中に、店主らしきニット帽をかぶった面長のおじさんがいた。古い店にはよくあることだけど、彼もまた、アンティークな雰囲気だった。僕に対してなんの興味もなさそうで、僕がその店にいる間ずっと、彼は分解した時計を組み立てなおしたり、オルゴールを直したりしていた。

店の中を見て回りながらずっと持っていたスプーンには僕の体温が移り、しっくりと手になじんでしまった。逡巡の末、僕はそのスプーンを買った。千五百円。価値はよくわからなかったし、高校生がスプーンひとつ買うにしては高額だった。それでも棚に戻すのがしのびなく、別れがたい気持ちになって手放せなかったのだ。

代金を払うときに、ニット帽の店主が言った。

「純銀だよ。イギリス製のティースプーン」

「いつの時代のものなんですか」

僕が訊ねると、彼は老眼鏡をはめ、スプーンを裏返して目をこらした。

「一九〇五年」

裏にそう記されていたのかと僕は思った。しかし自分で確認してみると、文字や絵の刻印が四つあるものの、数字はどこにもない。

「どうしてわかるんですか」

「ふふふ」

店主は初めて笑った。その問いには答えてくれなかったけど、僕はその表情になんだか惹き込まれた。実にいい笑顔だった。

そこにしっかり、表れていた。彼がいかにアンティークを好きなのか。自分の鑑識眼に、いかに自信を持っているか。僕はこの店やおじさんをかっこいいと思った。とても。

家に帰り、羊のスプーンを見ながら僕はいろいろなことを想像した。一九〇〇年代のイギリスで、誰が、どんなふうに使っていたのだろう、何を食べたのだろう。

貴婦人がアフタヌーンティーを楽しむときカップに添えていたかもしれない。優しい母親が幼い息子の口にスープを運んだかもしれない。その男の子が大きくなって、太っちょのおじさんになってもずっと大事にしていたかもしれない。あるいは三姉妹で取り合いになるほど人気のスプーンかもしれないし、あるいはそれは……。

想像は果てなく続いた。いつまで見ていても飽きなかった。

それから僕は、学校帰りに何度も煙木屋に足を運ぶようになった。

店主のおじさんは、海老川《えびがわ》さんという人だった。秋と冬は毛糸の、夏と春は綿や麻のニット帽をかぶっていた。ニット帽が好きなのだ。

僕は小遣いでまかなえる範囲で、いくつかの小物を買った。海老川さんには申し訳ないけれど、見ているだけの日もあった。その空間に身を置くと、日常の煩雑なことをしばらく忘れられた。学校での面倒なことや、母親の小言や、将来の不安のこと。現実の中でいくらつらい思いをしても、扉を開くとそこには僕を受け入れてくれる幻想的な世界がいつもあるのだった。

少しずつ時間をかけて僕は、海老川さんや常連客と顔を合わせて言葉を交わすようになり、アンティークの歴史や用語を覚えた。

スプーンの裏の刻印が「ホールマーク」というのだと教えてくれたのも海老川さんだ。通い詰めて一年ぐらいしたころ、やっと解き明かしてくれた。四つの刻印は、メーカーや純度、きちんと検査された証明、そして製造年号だった。

「この、四角に囲われたnってアルファベットあるだろ。これが一九〇五年ってことなんだ」

数字ではなく、アルファベットの書体と枠の組み合わせで識別できるようになっているのだ。無粋に数字で記さないところが、イギリス人らしいセンスかもしれない。

「羊の絵は、たぶん紋章だね。全体じゃなくて一部かもしれないけど」

そう言われて、僕はますますそのスプーンが大切になった。可愛いイラストというわけではなかったのだ。一本のティースプーンに、その家系の尊厳すら感じた。

なんて壮大なロマンがつまっているんだろう。僕はアンティークの世界にのめりこみ、海老川さんに敬意を抱いた。

だけど今、その店はない。

高校卒業間際、いつものように行ってみたら突然ドアのところに「閉店しました」と手書きの紙が一枚貼られていて、そこで僕と海老川さんの関係はぷつりと途切れてしまった。

この十八年の間、そこは美容院になり、パン屋になり、今はわずか五台停められるだけのコインパーキングになっている。

あの扉の向こうにはもう、行けなくなってしまった。

だから僕は思ったんだ。いつか、自分であんな店を持ちたいと。

三十五歳になった今でも、その願いはずっと心のどこかにある。

お金を貯めて、会社を辞めて、場所を見つけて商品を揃えて、いつか、いつか。

――いつかって、いったい、いつのことなんだろう？


僕は大学卒業を機に家を出て都内のアパートを借り、家具メーカーの経理部で働いている。大手でもなく高級品を扱っているわけでもないが、手の届きやすいカジュアルな家具にはむしろ恒常的な需要があり、会社の経営はそこそこ安定していた。

「これ、どうやってやるんだっけ？」

部長の田淵さんがナナメ後ろの席から体をひねり、僕のほうに顔を向けている。

最近、社内一括で新しいソフトを入れたので、使い方がわからないらしい。田淵さんはつまずくたびに何度も聞いてくる。経費精算表のチェックをしていた僕は、手を止めて立ち上がった。

この操作、昨日も同じこと聞かれたよなぁと思いながら、椅子に座っている田淵さんの後ろから手順を教えると、田淵さんは「あー、あー、そういうことか！」と大きな声でうなずいた。

「助かるよ。浦瀬《うらせ》くん、仕事デキるからさあ」

分厚い唇がむにむにと動く。僕は席に戻って続きを始めた。

数字を扱うのは嫌いじゃない。経理部は、事業の経済を動かすというより調整する仕事だ。ギャンブルもチャレンジもない。淡々としていてドライで、燃え盛る情熱など不要な仕事と割り切れば楽なのかもしれない。

「浦瀬くん、明日飲みに行かない？ ほら、先月行った大船亭。オープン三周年記念でビール安くなるんだって」

田淵さんが言った。僕は手元の領収書の束に目を落としながら答える。

「すみません。明日は僕、有休なんで」

「あ、そっかそっか」

断る口実があって、心からほっとした。話の長い田淵さんと飲みに行くのはなかなか大変なのだ。だからといって、毎日顔を合わせる上司からの誘いを全部パスする度胸は僕にはない。十二月に入って、そろそろ忘年会の時期になる。そのときは参加しなければならないだろう。今はできるだけ避けておきたい。

田淵さんは回転椅子をぐるんとまわして僕のほうに体を向ける。

「彼女とデート？」

「まあ、そんなところです」

「うわ。当たっちゃったかあ。こりゃまいった」

田淵さんはおでこをぴしゃっと叩いた。芝居がかったそのしぐさに、面白いのとは別の笑いがこぼれる。しまった、余計なこと言わなきゃよかった。田淵さんは顎をこちらにくいっと向けてにやにや笑った。

「もうつきあって長いんでしょ。結婚すんの？」

「あれ？　この計算、間違ってるな。販売部の紺野さん、いつもミスするからまたやり直してもらわないと」

僕はひとりごとのように話をすり替え、作り笑いを田淵さんに向けた。

「経費の精算書、苦手な人多いよねぇ」

田淵さんも笑いながらパソコンに姿勢を戻す。

内線が鳴った。向かいの席にいる吉高さんがだるそうに電話をとる。最近入った二十代の女性だ。ぶっきらぼうな応対のあと「浦瀬さん、電話です」と言いながら保留ボタンを押した。

「え、どちらから？」

「よく聞き取れなかったです。男の人」

「…………ありがとう」

僕は電話をとる。海外事業部からだった。イギリスから新しくインテリアを輸入することになったので、予算案を頼まれていたのだ。担当は田淵さんのはずなのに、他部署の人はなぜかなんでも僕に問い合わせてくることが多い。気弱な僕にはぽんぽんと強いことを言いやすいのかもしれない。

僕はいったん保留にして、田淵さんに訊ねた。

「イギリスブランドの予算案、もうご用意できますか。明日の会議で欲しいそうです」

「あれかー、オレよくわかんなくてさ。ドルじゃなくてポンドだし、なんか慣れなくて。浦瀬くんみたいに英語できないからさぁ」

ねだるような上目遣いに、僕は心の中で大きなため息をつく。

「……いいですよ。僕がやっておきます」

「わるいねぇ、今度おごるから」

田淵さんは軽く片手を上げた。吉高さんは枝毛を切っている。

上司が無能だとか後輩のやる気がないなんて、この程度なら悩み苦しむほどのことではない。でも、僕が会社を辞めたいと思うのはこんなときだ。

人づきあいが下手だから、営業部じゃなく希望通り経理部に配属されたのはラッキーだった。でもどこにいたって、組織に属しているかぎり煩《わずら》わしい人間関係がちゃんとあるのだと、僕はもう知っている。

会社を辞めて、好きなものだけを集めた店を持てたらどんなに幸せだろう。僕と同じようにアンティーク好きのお客さんだけを相手に。

でも、今は辞められない。貯金は百万円にも満たないし、だいいち、こんなふうに毎日会社勤めしていたらあっというまに毎日が過ぎていく。目の前の雑多なことに追われて、店開業の勉強や準備なんかちっともできない。

僕のアンティーク雑貨屋の扉は、いつになったら開かれるんだろう。たったひとつわかるのは、僕は今夜、不要な残業をしなければならないということだけだった。


翌日の水曜日、僕は恋人の比奈《ひな》を迎えに家まで行った。閑静な住宅街の一軒家だ。自分の部屋から外を見ていたのか、二階の窓から比奈が「諒《りょう》ちゃーん」と顔を出した。すぐに引っ込んだので、出てくるのかなとチャイムを押さずに庭に立っていると、玄関から現れたのは比奈ではなくお母さんだった。

「諒さん、お久しぶり。お元気そうね」

「こんにちは」

「今日は晩ご飯、うちで食べていくでしょ?」

「あ、はい……。いつもすみません。ごちそうになります」

「いいのよー、諒さんがくるとお父さんも喜ぶから。お魚とお肉、どっちがいい？　比奈はお肉しか食べないから、私、こういうときに張り切ってお魚料理を……」

比奈がぱたぱたと走ってくる。

「もう、お母さんは諒ちゃんとしゃべりすぎ！」

比奈が僕の腕に手をからめてきた。バニラみたいなにおいがする。比奈のコロンだ。

「行ってきまーす」

比奈は空いているほうの手でお母さんに手を振り、僕を引っ張るようにして先導した。

比奈と僕は、十歳も年が離れている。彼女はまだ二十五歳だ。

知り合ったのは、三年前、鎌倉の海岸だった。お寺で開かれた蚤《のみ》の市にひとりで行き、その流れで由比ガ浜を散歩していると、浜辺でしゃがみこんで何か探している女の子がいた。

ものすごく真剣な表情だったので、大事なものでも落としたのかと声をかけたら「シーグラスを拾ってるんです」と言う。浜に流れ着いたガラスのかけらだ。場所も時代もはるか遠くから流れてくるそれらは、時間をかけて波に揉まれ角が取れ、自然の生み出す工芸品となって異国の海辺にたどりつく。

彼女はそれを集め、アクセサリーを作っているらしかった。タッパーの中に、緑や青のガラス、貝殻や乾き切ったヒトデなんかも入っていた。

「シーグラスって、どこかの時代で誰かが使っていたガラス製品の一部なんだって思うと、ロマンを感じるんです。どんな人がどんなふうに手にしたんだろう……って考え始めたら、どこまでも想像が広がるの」

同じだ、と思った。

僕と同じだ。この瞳、この感性、この世界観。

僕も前かがみになって砂に目を落としてみると、いろいろなものが落ちていた。干からびた海藻《かいそう》、木片、石。片方のビーチサンダル、ビニール袋、何かのキャップ……ゴミと呼ばれる人工的な落とし物たち。考えてみれば、浜辺は巨大なアンティーク広場だ。

その中に、僕は小さなガラスのかけらを見つけた。そら豆のようなフォルムの、赤いシーグラス。

「これ、よかったら」

僕がそう言って渡すと、比奈は「ふあーっ！」と変な声を上げて目を見開いた。

「きれい！　赤はとっても珍しいの。嬉しい、ありがとうございます」

いえいえ、と僕は、会釈してそそくさとその場を立ち去った。はしゃいでいるその姿が可愛くて、照れくさくなったからだ。まあ、たまにはこんなちょっとラッキーなこともある。そのときは、それくらいにしか思っていなかった。

でも、そこでおしまいにはならなかった。

翌週末の東京ビッグサイトで行われたアンティークマーケットで、僕たちは偶然再会したのだ。無数の店舗と大勢の客でごったがえす中、僕は奇跡的に彼女を見つけた。こんなことを言うとちょっとアレだけど、彼女のまわりだけふわんと光って見えたのだ。

僕は買い物中の比奈に声をかけた。考える間もなく、とっさの行動だった。比奈もびっくりしていたけど、少し話しているうちに、お茶でもどうですかという流れになった。正真正銘、初めてのナンパだ。自分があんなことをするなんて、何度思い出しても我ながらびっくりする。

僕たちは古いものに惹かれるという点で気が合った。その手のショップやイベントを見つけてはふたりで足を運ぶ。

いつか、一緒に店をやりたいね。

そんな話をごくたまにすることもある。でもその「いつか」は、定年後とか、宝くじで一億円当たったらとか、そんな夢物語だ。僕がかなり本気で今それを望んでいるとは、比奈も思っていないだろう。

僕は定年まであと何年あるんだっけ。そのときになって、店を持つ資金や情熱や体力が残っているだろうか。

今日は、比奈に誘われて「鉱物とあそぶ」という小規模な講習会に参加することになった。比奈の家の近所の小学校に、コミュニティハウスという施設があって、そこでイベントや教室が開催されているのだという。比奈の通っていた小学校ではないらしく、よく見つけたねと言ったら、彼女は言った。

「ネットショップを自分で作ってみようと思って、パソコン教室を探したらここでやってたの。今、通ってるんだ。ほぼマンツーマンで二時間しっかり教えてくれて二千円だよ、すごいよ、コミュニティハウスって。いろんなイベントとかサークルとかあるし」

シーグラスのアクセサリーを作るだけでは飽き足らず、売ることを考え始めたのだ。比奈は週三日、事務のバイトをしている。実家住まいで生活費の心配もないし、アクセサリー作りやネットショップにかける時間はたっぷりある。僕とは違って。

……だめだ、卑屈になっている。僕はふるふると頭を振った。

僕は比奈に連れられてコミュニティハウスの白い建物に入り、受付に置いてある入館表に名前と目的、入館時間を書いた。訪問者は午前中に十人ほどいたようで、利用場所には集会室や和室の他に図書室も記されていた。そんなものもあるんだ。

講習会の場所は集会室Bで、集まったのはわずか四人だった。僕たちの他は年配の男性がふたり。これくらいコンパクトなほうが、こんな講習には合っているのかもしれない。

講師は、茂木先生という五十代の男性だった。最初に、簡単な自己紹介をしてくれた。普段、鋳物工場で働いている茂木先生は、趣味が高じて鉱物鑑定士の資格を取り、時間のあるときにほとんどボランティアで講習会や採石イベントを開いているそうだ。

趣味が高じて、ボランティアで、か。誰にも迷惑をかけず喜ばれて、穏やかな気持ちで楽しめるんだろうな。

そんな雑念の中でも、講習会はおもしろかった。どんな種類の鉱物があるのか。鉱物がどんな過程でできるのか。正しいルーペの使いかた。珍しい鉱物の標本も見せてくれた。

ひとりにひとつずつ、五センチぐらいの石が配られた。紫から黄色にグラデーションがついた縞模様《しまもよう》のそれは、アルゼンチン産の蛍石《ほたるいし》だと先生は言った。

「では、一緒に磨いていきましょう」

スポイトで水を垂らし、サンドペーパーで磨く。少し平らになったところで水洗いし、ペーパーの目の細かさを上げていく。

石の凹凸がなめらかになった蛍石は、縞模様がくっきりと鮮やかに浮かび上がってくる。楽しい。

むくむくと、雑貨屋の夢が頭をもたげる。そうだ、こういう鉱物のコーナーも作って。専門の先生を呼んで、こぢんまりしたイベントをやるのもいい。

九十分の講習を終えると、比奈が言った。

「ねえ、私、先生と話してくるから、ちょっと待っててくれる？　こういう鉱物でアクセ作ってみたいの。硬度のこととか、適した石とか、教えてもらいたい」

意欲的だ。ネットショップで頭がいっぱいの比奈を、邪魔する理由はない。

「うん。図書室があるみたいだから、本でも見てるよ。ゆっくり聞いてきな」

僕はそう言って、集会室を出た。

図書室はつきあたりにあった。

入口から中をのぞくと、思ったより広い。壁際にも中央にも、本棚がぎっしり並んでいた。

利用者の姿はなく、カウンターの中で紺色のエプロンをかけた女の子が本のバーコードを打っている。

僕は手始めに入口から一番近い壁際の本棚を見た。小学校にくっついてる施設だから子ども向けが多いのかと思いきや、普通の図書館と遜色なく品ぞろえが良くて驚いた。

アンティークの本を探す。工芸・美術の棚はすぐに見つかった。いくつかぱらぱらとめくったあと僕は、店を開くことに関する本はないかと見まわした。

そこに、紺色エプロンの女の子が通りかかった。本を三冊持っている。返却作業だろう。

「起業とか経営の本って、どんなのがありますか」

僕が訊ねると、女の子は大きな目をくりっと動かした。まだ十代じゃないだろうか。

「えっと、えっと……。ビジネス書かな。でも、経営者の自伝とかも役に立つし」

ネームホルダーに「森永のぞみ」とある。けんめいに考えてくれる彼女に申し訳なくなって、僕は「あ、大丈夫です」と片手を振った。のぞみちゃんは真っ赤な顔で言う。

「すみません。私、まだまだ司書の勉強中で。奥のレファレンスコーナーにベテランの司書がいますので、そちらでどうぞ」

のぞみちゃんが手を向けたほうの天井に、「レファレンス」と書かれたプレートがつるされている。

わざわざ司書を置くなんて、小さいけどちゃんとした図書室だ。僕は奥に向かい、ついたてを越えたところのレファレンスコーナーを見てぎょっとした。

そこに座っていたのは、とてつもなく大きな女の人だった。

はちきれそうな体の上に、顎のない頭が載っている。ベージュのエプロンに、目の粗いアイボリーのカーディガン。肌も白く服も白く、「ゴーストバスターズ」に出てくるマシュマロマンみたいだ。

僕はおずおずと近づいて行った。むっつりした表情のマシュマロマンはなにやら、小刻みにふるえている。具合でも悪いのかなと手元をのぞきこむと、カウンターの中で、なにか丸いものにぶすぶすと針を刺しているのだった。

……………ストレス、たまってんのかなぁ。

僕は話しかけていいものか迷い、引き返そうとした。するとマシュマロマンがぱっと顔を上げる。想定外に目が合って、僕は固まった。

「何をお探し?」

思いがけず、優しい声だった。びっくりした。ちっとも笑ってないのに、いつくしみに満ちていた。僕は吸い寄せられるようにふらふらと体を向けた。

何を探してるのかって……もてあましている夢の置き場かもしれない。

マシュマロマンの胸に、ネームホルダーが提がっている。小町さゆり。小町さんっていうんだ。お団子頭には白い花のかんざしが挿さっていた。

「あの……起業の本とか、ありますか」

きぎょう、と小町さんは繰り返した。

「起こす業の、起業です」

そんなふうに言うと、ものすごくたいそうなことを考えているようで、少しきまり悪くなった。僕は追ってリクエストする。

「あと、上手な会社の辞め方とか……」

どっちもできないくせに。業を起こすことも、今いる場所を手放すことも。

小町さんは、手元にあったオレンジ色の紙箱の中に、針と玉を入れた。呉宮堂のハニードームというクッキーの箱だ。小さな頃、家の手伝いをするとお駄賃代わりにもらった記憶がある。

小町さんは蓋を閉じ、僕を見た。

「起業にも、いろいろあるよね。なにをしたいの」

「いつか、雑貨屋をやりたいんです。アンティークの」

「いつか」

小町さんはまた、そこだけ復唱した。フラットな言い方だったけど、僕はなんだか、あわてて言い訳をしなければいけないような気持ちになった。

「いや、だって、すぐには会社辞められないし。店を開けるほどの莫大な資金をあっさり調達なんてできないし。そりゃ、いつかなんて言ってるうち、夢で終わっちゃうのかもしれないけど」

「……夢で終わる、というか」

小町さんは、かくんと首を傾ける。

「いつかって言っている間は、夢は終わらないよ。美しい夢のまま、ずっと続く。かなわなくても、それもひとつの生き方だと私は思う。無計画な夢を抱くのも、悪いことじゃない。日々を楽しくしてくれるからね」

僕は言葉を失った。

「いつか」が夢を見続けるための呪文だとしたら、その夢を実現させるためには何を言えばいいんだろう。

「でも、夢の先を知りたいと思ったのなら、知るべきだ」

小町さんはすっと姿勢を正し、パソコンに向かった。キーボードの上で一秒手を止め、次の瞬間、指が見えないくらいのハイスピードでキーを打っていく。意表を突かれて、僕はあんぐりと口を開けてしまった。

最後に華麗な仕草でリターンキーを押すと、プリンターから紙が出てくる。差し出されたその紙には、本のタイトルや著者名と、棚番号などが表になって印刷されていた。

『あなたにも店が開ける』『わたしのお店』『退職を考えたらやるべき七つのこと』。

リストの最後に、違和感のあるタイトルがあって僕は二度見した。

『英国王立園芸協会とたのしむ　植物のふしぎ』。

何か間違えたのかなと思い、僕はその長いタイトルを読みあげた。小さな声だけど、小町さんに聞こえていたはずだ。でも小町さんは黙って僕を見ている。

「植物のふしぎ？」

僕はもう一度、そこだけ復唱した。小町さんは「うん」と言い、かんざしに手をやった。

「ちなみに、これはアカシアの花」

無表情でそう言われて、僕はなんて返事をしていいのか迷った。あたりさわりなく「素敵です」とほめると、小町さんはハニードームの箱に人差し指をあてる。

箱の蓋には、白い花が描かれている。そうなのか、これ、アカシアだったんだ。昔からよく目にするパッケージだったけど、花の名前まで意識したことがなかった。

「ハニードームの蜂蜜は、アカシアなんだよね」

ぽそりとそう言い、小町さんは大きな体を少し丸めてカウンター下の二段目の引き出しを開けた。

「どうぞ。あなたにはね、これ」

「え？」

軽く握られたクリームパンのような小町さんの手が伸びてくる。僕も思わず手を出すと、ふわっと何かを置かれた。

毛糸玉みたいな……猫だった。茶色い体に黒い縞《しま》。横たわって眠るキジトラ猫。

「え、これ、なんですか？」

「ふろく」

「え？」

「本の付録だよ」

付録……。あなたには、ってどういう意味だろう。猫好きに見えたのかな。なんで？

「これ、作るときに型紙が要らないのがすごくいいの。こうでなくちゃいけないっていうのが決まってないんだよね」

小町さんはハニードームの箱の蓋を開けた。再び玉と針を手に取り、ぶすぶすと刺しだす。それ以上何も訊いてはいけないような雰囲気になって、僕は紙と猫を持って去ろうとした。

「ああ、そうだ」

小町さんがこちらを見ずに言った。

「帰るとき、ちゃんと受付で退館時間を書いていってね。忘れていく人、多いんだ」

「あ、はい」

ぶすぶす、ぶすぶす。マシュマロマンが細かく振動している。

僕はその表をもとに棚の番号を照合しながら、載っている本をすべて手に取った。四番目の本もだ。タイトルは長いけど、「植物のふしぎ」だけ大きな文字で記されている。

そこに比奈がやってきた。思ったより早い。いや、僕が予定外に小町さんと話していたからか。

比奈は猫のマスコットをめざとく見つけ、「何それ！」と声を上げて手に取った。

「なんか、司書さんにもらって」

「かわいい。羊毛フェルトだね」

羊毛フェルトっていうのか。比奈にあげようとしたら、彼女は猫を僕に返しながら「本、借りるの？」と言った。ぎくりとしながら猫を受け取る。

「いや、ちょっと見ようかなと思っただけで……」

僕はとっさに植物の本を一番上にして、他の本のタイトルが見えないように隠した。

「貸出カード、お作りになりますか？」

のぞみちゃんが声をかけてくる。司書になるため勉強中の彼女は、仕事熱心なのだ。

いいです、と言おうとしたのに、比奈が受け答えする。

「誰でも借りられるんですか？」

「区民の方でしたら」

「あ、じゃあ、私が作ります。彼はこの区の人じゃないので」

やる気まんまんなのぞみちゃんに誘導され、比奈はカウンターに行った。その隙に、僕は起業関係の本を急いで棚に戻す。何食わぬ顔で四番目の本だけ借り、僕は植物が好きな人みたいになって図書室を後にした。

外に出ようとして、小町さんの言葉を思い出す。退館時刻を書いていくようにと念を押されたっけ。来たときの表に時刻を書き込んでボールペンを置いたら、脇に積んである紙の束に気づいた。

「羽鳥コミハ通信」というタイトルがついている。コミュニティハウスを略してコミハというのか。手作り感満載なＡ４サイズのカラーコピーで、館の利用者向けに無料で用意されているものらしい。

紙の下部分に、ぱっと目をひかれた。小町さんがくれたのと同じような猫の写真が載っていたからだ。メガネをかけたボーダーシャツの男性に抱かれた、キジトラの猫。背景には本棚が並んでいる。

僕は思わずそれを手に取った。

そのコミハ通信ＶＯＬ．31では、「スタッフおすすめショップ特集」として、都内にある店の情報が六分割で紹介されていた。ケーキ屋、花屋、喫茶店、とんかつ屋、カラオケ店。一番下の猫の写真には「図書室より、小町さゆり司書のイチオシ！」と小見出しがついている。

店の名前は、キャッツ・ナウ・ブックス。猫の本を集めた、猫のいる本屋さん。

ドアを開けた比奈が外を見ながら言った。

「雨降りそう。諒ちゃん、早く行こうよ」

僕はそのコミハ通信を半分に折って本に挟み、鞄に入れて館を出た。

比奈にはふたりの姉がいる。長女の貴美子さんが僕と同じ三十五歳、次女の恵里香さんが三十二歳。比奈は遅くに思いがけずできた子らしい。

貴美子さんは独身で大阪のテレビ局でミキサーの仕事をしており、恵里香さんはチェコ人と結婚してプラハに住んでいる。ご両親が手元にいる比奈をとくべつに可愛がるのはよくわかる。

それでも彼らは、比奈が週末に僕のアパートに泊まることも、小旅行も、快く送り出してくれる。もう大人なんだし、嘘をつかれてこそこそされるよりもずっといいと言う。三人目ともなるとそういうものなのかもしれない。

去年の夏、レンタカーを借りてドライブに行った帰り、比奈を家に送り届けたときに半ば強引に家に上げられて以来、僕はこの家になし崩し的に取り込まれてしまった。比奈に具体的な結婚の話をしたことはないけど、ご両親はもうその気でいるだろう。

「諒くん、仕事は忙しいの？」

お父さんがそう言いながら、ビール瓶をこちらに寄せる。僕はあわてて、コップに半分入っているビールを飲みほした。

「ええ、まあ。今は年末調整の時期で……。でも僕の要領が悪いだけで」

「人のぶんも押し付けられてるんじゃないのかい。人が好くてまじめだからな、諒くんは」

空になったコップに、お父さんがビールを注いだ。僕は会釈しながらそれを受ける。

「お父さん、諒ちゃんはお酒そんなに強くないんだから、あんまり飲ませないで」

比奈がお父さんを制する。お父さんは、泊まっていけばいいじゃないかと笑う。

「比奈、ちょっと手伝ってー」

キッチンからお母さんの声が飛んできた。比奈は席を立つ。

お父さんはカレイの煮つけに箸を伸ばした手をそのままに、伏し目がちに言った。

「……上のふたりは子どものころから気ばっかり強くて、わざわざ荒波に飛び込んでいくような好き勝手のやりたい放題だが」

声のトーンが低い。キッチンには聴こえないようにということだろう。お父さんは続けた。

「比奈は比奈で、浮世離れしているというか、ふわふわと夢みたいなことばっかり言ってる子でね。どうも、あまやかしてしまった。諒くんみたいな堅実な男がそばにいてくれて、安心しているよ」

お父さんはほんのわずかな沈黙のあと、やわらかく微笑んで僕をまっすぐに見た。

「比奈を頼む」

ここで勢いよく「はい」と言えない僕はちっとも堅実ではない。はにかんでいるふりをして、あいまいな笑みを浮かべるだけだ。

ありがたいことに、僕は気に入られている。かわいい娘を生涯かけて守り通す伴侶候補として。

でも、それがプレッシャーでもあった。小企業とはいえ安定した会社を辞めて雑貨屋をやりたいなんて、とても言えるわけがない。

だって彼らの安心は、僕自身ではなく会社にあるのだから。


アパートに帰ってシャワーを浴びると、僕は借りてきた本とスマホを持ってベッドに寝転がった。

『英国王立園芸協会とたのしむ　植物のふしぎ』。

あらためてじっくり手に取ると、高級感のある表紙だ。白地に植物の繊細な鉛筆画が描かれ、中央にはキラキラ光る緑色のタイトル文字がへこみをつけて加工されている。かなり凝った造りの本だ。

司書さんがどうしてこれを僕に勧めたのかはわからないけど、でもあきらかに、好みの本ではあった。ぱらぱらめくると、読みやすく組まれた横書きレイアウトに、緻密なタッチのイラストがふんだんに使われている。見開きごとの質問形式で構成されていて、高学年の小学生から読めそうだけど子どもっぽくもなかった。

仰向けになって本を開いたら、コミハ通信がはらりと落ちた。僕は本を枕の脇に置き、それを拾う。

猫の本屋……。

記事には、店主の安原さんが保護猫を店員としてオープンさせたと書いてあった。猫の本ばかり集めたその書店は三軒茶屋にあり、売り上げの一部が保護猫団体に寄付されるという。

そういえば、チューリップみたいだと思っていた羊のスプーンの柄は、猫の足のようにも見える。トレフィッドパターンと呼ばれる、平たく広がった柄先にふたつの刻み目があるタイプだ。

僕はスマホで「キャッツ・ナウ・ブックス」と検索してみた。

ツイッターアカウントの次に、インタビュー記事がいくつもヒットして驚いた。

一番上の記事を開くと、猫のイラストつきTシャツを着た安原さんが現れる。本棚の前で猫を抱いていて、今度はキジトラではなく黒猫だった。何匹かいるんだ。店の中ではドリンクも注文できるらしく、「水曜日のネコ」というビールの写真が載っていた。

――猫と本とビール。好きなものに囲まれて。

画像の下に、そんなキャプションがついている。僕はカメラに向かってほほえむ安原さんを眺めた。

いいよなぁ。夢だよな。こういうの……。

まぶたが重くなってくる。ぼんやりした頭でネットの記事に目を這わせた。安原さんは、IT企業で会社員をしながら店を経営しているらしい。

そんなこと、できるのか……。ソーシャルビジネス。クラウドファンディング。なじみのないカタカナ文字が並ぶのを飛ばし読みしていく。

「パラレルキャリアは、両方の仕事が互いを補完し合っていて主従関係がないんです」

安原さんのコメントに、そんな一文が書かれていた。

主従関係がない？　どういうことだ。

「パラレルキャリア」という言葉を検索してみると、経営学者のP･F･ドラッカー氏が提唱した『もうひとつの活動を並行すること』とある。副業ってことか？

あくびが出た。

僕はスマホを閉じた。疲れているし、酒も飲んでいる。とろりと眠気が襲ってきて、僕はそのまま目を閉じた。


翌日、夕方五時ぴったりに吉高さんが帰ろうとしているのを呼び止めた。

「営業部の経費精算書のチェック、すんだ？　提出待ってるんだけど」

「あー、あれ……。まだですけど。今、ネイル塗っちゃったんで、明日にしてもらえますか」

吉高さんはそう言い、片手をぴらぴらさせた。ネイルを塗ったからできないという理屈が通ると思っている、その意識がよくわからない。

「期限、今日までだよ」

僕はなるべく穏やかに言ったつもりだった。でも吉高さんは、まるでひどいことを言われたかのように顔をしかめる。

吉高さんは返事もせず乱暴に席に戻り、指先を気にしながらバッグからスマホを取り出した。そしてどこかに電話をかけ始める。

「あ、もしもし？　ごめん、ちょっと遅れる。急ぎの仕事が入っちゃって」

ラインやメールではなく電話にしたのは、僕に聞かせるためだろう。なんだかすまない気持ちになる。

いや、なんで僕が悪いみたいになるんだ。

僕はすぐでなくてもいい自分の仕事を進めながら吉高さんを待った。僕だって、今日は行きたいところがあるんだ。でも精算書を受け取らないと帰れない。彼女のチェックを僕がさらに確認してから、明日の朝イチで処理しなくてはならないからだ。

吉高さんは四十分ほどかけて作業を進め、僕のデスクにポンと書類を置いて出ていった。

腕時計を見る。僕はその書類を鞄に入れて帰り支度をした。これは家でチェックしよう。持ち帰りの仕事はもちろん残業代なんて出ないけど、仕方ない。

新宿まで出て、デパートに寄った。骨董市《こっとういち》のイベントが今日までなのだ。

よかった、閉館時間一時間前に間に合った。催事場に焼き物や絵巻、雑貨が並べられている。皮肉なことに、この手のものは売り切れてしまうということはなく、ほとんど展示会みたいになるのが常だ。

つまり、なかなか売れない、ということだ。僕だって、見られればいいと思って来たのは否めない。伊万里焼《いまりやき》の古い壺を愛でながら、僕は思う。

店を持つとして、一日のうち商品をいくら売れば収益が出るのだろう。店舗の賃貸料、光熱費、什器《じゅうき》代、もろもろ差し引いて。税金もかかってくる。ぼんやりそれを考え始めると、やっぱり現実には無理としか思えなかった。

「あれっ、諒くん？　諒くんじゃない？」

声がして振り返ると、パーマでうねった長髪のおじさんが立っていた。ショッキングピンクに黄緑の花模様が描かれたジャンパーが目立つ。二秒して、僕はその顔を認知した。

「え、那須田《なすだ》さん？」

「そうそうそう！　うわー、よく覚えてくれてたね！」

煙木屋の常連だった人だ。店の並びにある、三階建ての大きな一軒家に住んでいた。不動産屋のひとり息子で、父親の仕事を手伝いながらいろいろ好きなことをしている人だった。「道楽息子」という言葉が気に入っていて、自らをそう呼ぶのを好んだ。当時二十代だった彼も、会わなくなってから二十年近くたってさすがに年をとっていたけど、変わらないサイケなファッションは彼を記憶から蘇らせるのに大いに役立った。

「那須田さんこそ、よく僕のことわかりましたね」

「変わってないもん、諒くん！　相変わらずびくびくした感じで」

その言葉にはサクッと傷ついたが、なつかしさが上回る。そう、彼はいつもこんな感じだった。

「諒くん、なにしてんの、今」

「普通のサラリーマンです。那須田さんは」

「オレも普通の道楽息子」

那須田さんは肩掛けバッグからカード入れを取り出し、名刺を一枚くれた。名前の左上にカタカナの肩書が三つついている。リノベーション・デザイナー。リアルエステート・プランナー。スペース・コンサルタント。よくわからないけど、不動産まわりのことをいろいろやっているということだけは理解できた。

「いやぁ、久しぶりだね。煙木屋、突然閉店になってびっくりしたよね」

「……ええ」

「あのとき、ウチにも警察来てさ、大変だったんだよ」

「警察？」

ドクンと心臓が音をたてる。僕はずっと、心配だったのだ。海老川さんは病気になってしまったのかなとか、事件にでも巻き込まれたんじゃないかって。

「海老川さん、経営不振で多額の借金抱えてトンズラしたらしいよ」

それを聞いて、がくりと気が落ちた。病気や事件以上に、そうであってほしくない出来事だった。

あのファンタジックな世界が、とたんになまなましくなる。那須田さんは毒づいて言った。

「まあ、儲かってるようにはとても思えなかったけどさ。相当苦しかったんだろうね。店の名前どおり、煙みたいにドロンよ」

やっぱり、店をやるって大変なことなんだ。まして僕が理想とするようなアンティークショップなんて。

「諒くんは名刺ないの？」

那須田さんに言われて、僕は名刺を渡す。

「えー、家具メーカーなんだ。ああ、キシモトって、知ってる知ってる。なんかあったら連絡してよ、いろいろやってるからさ。ほら、リベラのショールームのイベント、あれ、オレが企画したんだ」

那須田さんは大手インテリアブランドの名前を口にした。

へえ、意外に……といったら失礼だけど、ちゃんと大きな仕事を手掛けてるんだ。

もっとも、経理部の僕が那須田さんと仕事をすることはないだろうけど。

着信音がする。那須田さんのスマホだ。那須田さんは「おっと」とスマホ画面を見たあと、今度飲みに行こうぜと僕に言い残し、電話に出ながら催事場を出ていった。

翌朝、僕は誰もいない頃合いを見計らって吉高さんに声をかけた。

家で書類を確認したら、領収書と精算書の計算は合っていた。でも、営業部の保坂さんの添付した領収書を見て、あれっと思ったのだ。領収書に不自然に修正液が塗られ、数字の一の位が書き換えられている。打ち合わせ費のカフェ代だった。透かしてみた金額が正しいとすると、精算書が記入ミスということで、十二円多い請求になっている。

もともと書いてある金額はボールペンだ。でも修正液の上の数字は水性ペンで、筆跡も違う。お店の人が正したとは考えにくい。保坂さんがやったのか、それとも……。

「吉高さん、これ……」

僕が領収書を指さすと、吉高さんはちょっとだけ顔をこわばらせたあと、口をへの字にして怒ったように言った。

「だって、ちょっと計算が合わなかったから。それだけのために保坂さんにわざわざやり直してくださいって言いに行くのもめんどくさいし。いいじゃないですか、ほんの十円ぐらいのことでしょ。それで会社がつぶれちゃうわけじゃないし」

「よくないよ」

「じゃあ、私が払います。それでいいでしょ」

「だめだよ、そういうことじゃないんだ」

「細かいなぁ。たかが十円でぐじぐじ言うと、女の子に嫌われますよ」

「金額の問題じゃないんだよ！」

自分でもびっくりするくらい大きな声が出た。

吉高さんはパッと赤くなって、僕から顔をそらした。僕が怒鳴るなんて思わなかったのかもしれない。

「………ちっさい男」

憎悪に満ちた声でそう言い捨て、吉高さんはバッグとコートを持ち、出て行ってしまった。


釈然としないまま、吉高さんがどこに行ったのかも心配なまま、僕はそわそわと過ごした。田淵さんは代休をとっていていない。人事に伝えたほうがいいかと思い始めたとき、あちらから呼ばれた。

人事部長は、僕を目の前にすると困った表情で言った。

「吉高さんが、浦瀬くんにパワハラされたって訴えてきて。辞めるって言いだしたんだよね」

「そんな！」

「なんか、吉高さんがうっかり修正液をこぼして、間違えて数字書き込んじゃったのをものすごく怒ったんだって？　殴られそうになって、怖かったって泣いてた。浦瀬さんは普段おとなしそうなのに、ふたりになると違うんですって」

泣きそうなのは僕のほうだった。怒りと悲しみと、不条理な気持ちでいっぱいで。うっかり修正液こぼしたって？　よくもそんなことを。たしかにちょっと大きな声は出したけど、殴ろうとしたなんてとんでもない濡れ衣じゃないか。

だけど証拠は何もない。僕の身の潔白を明らかにできるようなことは、なにも。

「とりあえずこの件はいったん引き取って上と話すから」

人事部長はそう言ったあと、眉間にしわを寄せて腕組みをした。

「実はあの子、社長の姪っ子なんだよね。田淵くんは知ってるんだけど、浦瀬くんにも先に言っておけばよかったかなぁ」


アパートに帰ると、比奈が晩御飯を作って待っていた。金曜日の夜から土日にかけて一緒に過ごす、お決まりの週末だ。

ビーフシチューを前にしながらも、僕は会社でのことが頭から離れなかった。

僕は。

僕は、なんてつまらない職場にいるんだろう。何をやっているんだろう。

これを定年まで続けていくのか。納得のいかない環境で、逸るような気持ちも持てずに。

こうやって、家にいても仕事のことを考えている。多かれ少なかれ、もうずいぶん前からそうだ。人間関係のささいなトラブルや、あの決算はどうなったっけとか。これはもう、仕事をしているのと同じだ。仕事に支配されている。それも、やりたくもない仕事に。

それでも、会社での立場が危うくなるかもと思ったらしんどかった。僕はこんなにイヤだと思う場所にしがみついて、必死に守ろうとしている。今までも、きっとこれからも。

「諒ちゃん、なんか元気なくない？」

比奈が首をかしげる。

「ううん、大丈夫。ちょっと忙しかったから。ボーナスの計算とか」

僕は取り繕った。

「そっか。お疲れ様」

比奈はワイングラスをふたつ、テーブルに置いた。小ぶりのワインボトルも運んでくる。

「あのね、今日、ネットショップでひと月の目標売上達成したんだ。レビューもすごくいいこと書いてもらってね、それで……」

比奈が楽しそうに語り始める。

こうやって好きなことだけして、嫌なヤツには会わず、経済的な不安もなく、わずかなお金が得られれば大喜びでワインを開けて……。僕もそんなふうにできたらどんなにいいか。

「ネット上のことだけど、なんか私、自分のお店を持ったーって感じで嬉しいの。ね、諒ちゃんも、雑貨屋をやるときには……」

「そんな簡単に言うなよっ」

僕は比奈の言葉を遮った。比奈がびくっと体を震わせる。八つ当たりだとわかっていながら、自制がきかなかった。

「僕は比奈とは違うんだ。お気楽に趣味で楽しくなんてできないんだ。比奈のネットショップは、失敗したって、売上がゼロだって、悩むことなんかないだろ！」

「……………趣味じゃないよ」

比奈がぽつんと言った。僕はドキッとして顔を上げる。

「私は、お気楽な趣味でなんか、やってない。諒ちゃんから見たら、そうなのかもしれないけど」

頭の奥が冷える。謝らなくてはと思っているうち、比奈はさっと立ち上がった。

「今日は帰るね。諒ちゃん、疲れてるみたいだから」

僕はぎゅっと拳を作ったまま、動けなかった。比奈を追いかけることもせず、ばたんとドアが閉まる音を背中で聞いた。

最低だ……。

比奈と過ごすはずだった週末の時間がまるまる手の中にあった。僕たちはめったに喧嘩をしない。こんなふうにぽかっとひとりになるのは久しぶりだった。

チャンネルをぱちぱちと変えてみたが、騒々しいバラエティ番組の笑い声が耳についてテレビを消す。僕はベッドサイドに積んである本に手を伸ばした。

植物のふしぎ。

僕はしばしその本の中に身をゆだねた。読み進めるごとに、ほんとうに不思議なことばかりだ。人間関係とは無縁の植物の世界にふれていると、心が少しずつ穏やかになっていく。それは、煙木屋に足を踏み入れたときのあの感覚に少し似ていた。

ページをめくるたび、やっぱり好きになる本だった。いくつもの質問と回答が並ぶ。木はどうしてあんなに大きくなるの？　草はどうして刈られても生きていけるの？　植物に話しかけるとほんとうによく育つの？　ヒマワリはほんとうに太陽を追いかけるの？

本に使われている紙は漂白したシャツのように真っ白でやわらかく、固いハードカバーに守られるみたいにしてぎっしりとおさまっていた。ページの開きもスムーズで、開いたまま机に置くこともできるぐらいだ。図鑑とも少し違う、質感も内容も優しくて繊細な本だった。

三章は、「奇妙な地中の世界」とタイトルがつけられていた。ミミズの役割は何か、根はどこに向かうのか、根が植物の体全体に占める割合はどれくらいなのか。

土の中は興味深かった。地面を表す一本線を境に、樹と根が上下に描かれているイラストを見て、ふと思った。

待てよ。

人間は地上で生きているから、大抵の場合、植物の花や実にしか目がいかない。

だけどサツマイモやニンジンに注目するときは、とたんに地下にある「根」が主役になる。植物にしてみれば、双方が互いに等しく必要とし合ってバランスを取っているのに。人間はつい、自分たちに都合のいいほうをメインの世界だと思ってしまうけど、植物にとっては……。

――両方がメイン？

そう気づいたら、パラレルキャリアの記事を思い出した。

パラレルキャリアは、両方の仕事が互いを補完し合っていて主従関係がないんです。安原さんはそう言っていたっけ。

植物が、地上と地下の世界それぞれの持ち場で役割を果たし、互いを補完し合うように？

会社員と、店と。そういうことなのかもしれない。安原さんはそれを実践しているのかもしれない。

もしかしたら、僕にもできるんだろうか。両立させるやり方さえ、きちんとつかめれば。

翌日の午後、僕は渋谷から三軒茶屋へ行き、東急世田谷線に乗り継いで西太子堂の駅で降りた。キャッツ・ナウ・ブックスを訪れるためだ。

十二月も半ばに差し掛かり、雪がちらついていた。

無人駅から道に出る。頭に入れてきた道順をたどりながら住宅街を歩いた。民家しかない。合ってるかなとマップアプリを開き、細い小道を進んで行ったら白い一軒家が見えた。軒下の青い看板に黄色い猫のロゴ。あれだ。

出窓にたくさんの絵本がディスプレイされていた。猫の表紙ばかりだ。

ドアを開けると温かい空気に包まれて、僕はほっと息をつく。レジにはボブヘアの清楚な女の人がいた。店内を見回すと、奥に格子戸があり、そのすきまから青いチェックのシャツを着た男性の姿が見えた。

あの、安原さんだった。

入ってすぐのスペースは新刊、格子戸の向こうには古本が置かれているらしい。僕はどきどきしながら本棚の本に目を走らせ、気持ちを落ち着かせてからレジの女性に「こちらに入ってもいいですか」と訊ねた。

靴を脱ぐよう促され、アルコールで手を消毒してから格子戸を開ける。

……………猫が、いた。

クッションの上でキジトラが眠っている。まるで小町さんがくれた羊毛フェルトみたいだ。もう一匹のキジトラと黒猫が、本棚の間をゆったりと歩いていた。

「いらっしゃいませ」

中にいたひとりの女性を接客中だった安原さんが、僕を見て言った。低くて丸みのある、いい声だ。温和な表情だけど、写真で見るより知的な印象を受ける。

古本エリアは中央にテーブルがあり、小さなドリンクメニューが置かれていた。

少しでもここにいる間を持たせようと、僕はメニューの文字を三度ほど繰り返して読み、安原さんに声をかけた。

「すみません。コーヒーをお願いできますか」

「はい、ホットでいいですか」

僕がうなずくと、安原さんは格子越しにレジにいた女性に軽くアイコンタクトを取った。女性が入ってきて、キッチンに向かう。

僕の足元を、猫が通り過ぎた。二匹いるキジトラのどっちかだと思ったけど、腹や足が白い。キジシロだ。気づかなかった、もう一匹いたんだ。彼らはすごくくつろいでいて、すごく自然だった。

差し出されたコーヒーを飲みながら、僕はそこに陳列されていた本を手に取った。女性スタッフはレジに戻っている。コーヒーを飲みながら猫の姿を眺め、本に囲まれていると、ただここでリラックスして帰ってもいいような気持ちになった。

オレンジ色の首輪をしたキジトラが、音も立てずに高いところに登った。さっきクッションで寝ていた猫だ。猫はすっと座って尻尾を揺らす。ぱ、と僕と目が合った。

わざわざここまで来たんでしょう？　夢のその先を知りたくて。

猫にそう言われた気がして、僕は心を引き締める。

女性客が本を持ってレジのほうへ出ていくと、僕はコーヒーカップを置き、立ち上がって安原さんに声をかけた。

「あの……」

安原さんが振り返る。

「羽鳥コミュニティハウスの司書さんおススメの記事を見て、来ました」

ああ、と安原さんが笑う。

「小町さん、紹介してくれたんですよね。それはどうも、ありがとうございます」

「あの、実は僕も、店をやりたいと思っていて」

少しずつ話そうと思っていたのに、勢いで真っ先にそう言ってしまった。

若造が何を安直にと、気を悪くされるんじゃないかと思った。でも安原さんは明るい表情になる。

「書店ですか」

「いえ、雑貨屋です。アンティークの」

へえ、と安原さんは興味深そうにうなずく。僕は緊張しながら言った。

「インターネットで、安原さんのインタビュー記事もいくつか拝見しました。パラレルキャリアって、初めて知りました。安原さん、平日は会社員をされているんですよね」

「ええ」

「お話を、聞かせていただけないでしょうか。僕、浦瀬諒といいます。家具メーカーで経理をやっています」

「喜んで。こんな天気の日は、客足も少なくてね」

安原さんはふたつ並んでいる丸椅子に座った。そして僕にも座るようにと手で示す。

僕は安原さんの隣で、半身を傾けるようにして座った。

何から聞けばいいのか、整理できないまま言葉が先走る。

「会社員やりながら店を持つのって、大変じゃないですか。どっちも苦しくならないですか」

安原さんは少し笑った。

「いや、どうかな。むしろ両方やることで、どっちも苦しくなくなるという感じかも」

さっきのキジトラがやってきて、安原さんの膝の上に乗った。

「前は会社を辞めたくて仕方なかったけど、今は、会社員を続けることで本屋を楽しめているかもしれない。逆に本屋だけだったら、不本意な売り方も考えなくちゃいけなくなってきつかったんじゃないかな」

猫をなでながら、安原さんは続ける。

「僕は、仕事って、社会におけるポジションの確保だと思うんです。パラレルキャリアはポジションをふたつ持てる。どちらかが副業ってことじゃなく」

ポジション。地上と地下の、ふたつの世界での顔、役割。植物の姿を思い浮かべながら、僕は訊ねた。

「主従関係がないって、インタビューでおっしゃってましたよね」

「ええ」

「本屋さんのほうも、会社員と同じぐらい儲《もう》かってるんですか？」

言った瞬間、お金のことなんて聞いてしまって恥ずかしくなった。直球だな、と安原さんは吹き出す。

「そういう意味での主従ではなくて。極端に言えば、僕は本屋に関しては儲けよりも精神的な充足をもらっていると思います。もちろん、店を続けていくために売り上げは伸ばしたいけど」

好きなことで精神的に満たされるというのは、わかる気がした。でも両方がメインの仕事となると、昼も夜も土日も、ずっと働きっぱなしということになる。

安原さんは、怠けたいとか休みたいとか、遊びたいとか思わないんだろうか。僕は言葉を選んで言った。

「だけど、会社員とお店を両方やっていたら、旅行にも行けないじゃないですか」

訊かれ慣れている質問なのか、それはそうだね、と安原さんはうなずく。

「でも、なかなかお会いできないような方がお店に来てくださったり、面白い出会いがあったりして、毎日いろんなところを旅しているようなものなんです。外に出かけずずっとここにいても、お釣りがくるくらいの楽しい経験をさせてもらってる」

目の覚めるような回答だった。そうはっきりと言えるようになるまで、安原さんは何を見て誰に会ったのだろう。自分の店を持つって、そんな素敵なことがあるんだ。

……でもそれは、安原さんだからできることじゃないのか。頭が良くて、知識もセンスも人脈もあって、徳があって。自分が安原さんのようになれるとは、とても思えなかった。

「なんだか僕には、ないものばかりで。お金もない、時間もない。……勇気もない。いつかやりたいと思いながら、動くために必要なものを何も持っていないんです」

安原さんは少し黙り、キジトラを見つめた。ネガティブすぎてさすがにあきれられたかもしれない。

口元にやわらかな笑みをたたえながら、安原さんは僕にすっと顔を向けた。

「ない、がある時点で、だめです」

「えっ……」

「その『ない』を、『目標』にしないと」

目標にする？

お金を用意することを、時間を作ることを、そして……勇気を持つことを？

言葉を出せずにいる僕に、安原さんは苦笑しながら言った。

「僕は人間嫌いでね」

今日初めて会う僕にとっては、意外な言葉だった。こんなに親切に話してくれるのに、客商売なのに。

「でもあるとき、人の話を聞いてみようって気になったんですよね。不思議なもので、あちこち顔を出しているうち、そこからいろんなきっかけを得られて、次々に縁ができた」

キジトラが安原さんの膝から降りた。ゆっくりと黒猫のほうへ歩いていき、何かを伝えるかのように頭を寄せた。

「つながってるんですよ、みんな。ひとつの結び目から、どんどん広がっていくんです。そういう縁は、いつかやろうって時が来るのを待っていたらめぐってこないかもしれない。いろんなところに顔出して、いろんな人と話して、これだけたくさん見てきたから大丈夫って思えるところまでやってみることで、『いつか』が『明日』になるかもしれない」

安原さんは猫たちを見ながら、ぽつんと言った。

「大事なのは、運命のタイミングを逃さないってことじゃないかな」

運命。

リアリストに思えた安原さんのその言葉は、圧倒的な重みがあった。羨望《せんぼう》のまなざしを向けながら僕は言う。

「……安原さんは今、やりたかったことを実現して、夢にたどり着いたんですよね」

いいなあ、という気持ちでいっぱいだった。しかし安原さんはほんの少し首を傾けた。

「僕は、これが夢だとは思っていないんです」

「え、だって……」

「猫と本とビールに囲まれたいだけなら、別に店なんかやらなくたってできるでしょう。店を持つことが実現したら終わりというのではなくて、ここからやっとやれることがある。数字じゃない、何か」

びっくりした。誰もが羨《うらや》むこの環境にいて、これからやれることを探しているなんて。でも安原さんの光の灯った目を見ていたら、それはとても腑に落ちた。これが本当の、「夢の先」なのかもしれない。

安原さんはテーブルの上で手を組んだ。

「諒くんは、どうして店をやるんですか。アンティークに囲まれるだけじゃなくて、どうして店を」

大きな「お題」を与えられて、僕はうつむく。

それは、僕の行くべき道を導き出してくれる質問だった。そしてきっと本当は、僕はもうその答えを知っている。

「…………じっくり考えてみます」

いつのまにか足元にいたキジシロが、僕の脛《すね》にすり寄ってきた。椅子から降りて額をなでていると、安原さんが言った。

「諒くんは、お店をひとりでやるつもりなの？」

ぎくりとした。

比奈の顔が浮かぶ。彼女がそばにいてくれたら幸せなことだ。でもそれは……。

「ひとりでやるのは大変だよ。家族でも親友でも、相談や愚痴《ぐち》が言えるパートナーがいたほうがいい。しんどいですよ、精神的つらさを分かち合える相棒がいないと」

そう言って安原さんは、格子戸の向こうに目を向けた。レジにいる女性のほうだ。

僕は理解した。

「相棒、なんですね」

「妻の美澄《みすみ》です」

安原さんはさらりと言う。僕は訊ねた。

「美澄さんは、お店を始めるときになんて言ってくれたんですか」

安原さんは、ふと、うつむく。

「………………何も、言わなかった」

そして、それまでとはまったく違う静かな笑みを浮かべた。

「何も言わないで、ついてきてくれたんです。感謝しています」


翌日の日曜日、僕はひとりで羽鳥コミュニティハウスを訪れた。借りていた本を図書室に返却するため……という名目で、会いたい人がいたからだ。

入口のカウンターで本を返す。のぞみちゃんが受け取ってくれた。

奥まで行くと、レファレンスコーナーに小町さんがいる。

「小町さん。僕、昨日、キャッツ・ナウ・ブックスに行ってきました」

僕の言葉に小町さんはちょっとだけ目を見開き、満足そうにニッと笑った。

「安原夫妻が、小町さんによろしくって」

「ああ、私、奥さんと古い知り合いでね。図書館で働いてたときの同僚なの。美澄さん、元気だった？」

「はい。素敵なご夫婦でした」

そう答え、僕は鞄から猫の羊毛フェルトを取り出す。

「僕があのお店に行けるように誘導してくれたんですよね。ありがとうございます。いつかを待たないで……これから動いてみようって気持ちになりました」

小町さんはかすかに首を横にふる。

「もう動き出してるじゃないの」

僕は息をのんだ。小町さんは穏やかに続ける。

「私が行けと言ったわけじゃない。あなたがあの店に気がついたんだよ。自分で決めて自分の足で、安原さんに会いに行ったんでしょう。すでに始まってるよ」

小町さんは、こきっと首を鳴らす。手の上の猫が、今にも目を覚ましそうだった。


もうひとり、会いたい人がいた。

僕はコミュニティハウスを出て、比奈の家に向かった。ズボンのポケットに手を入れる。そこに収めてきたお守り代わりの羊のスプーンを、そっと指でなぞる。

今朝、アパートを出る前、比奈に電話をかけた。

一昨日のことを謝り、会って話したいと伝えると、比奈は「うちに来て」と言った。お父さんとお母さんは、ふたりで出かけているらしい。

比奈の家に着き、チャイムを鳴らす。彼女はすぐに玄関から出てきた。

「上がって」

僕が家に入ると、比奈は階段をのぼった。僕も後に続いて二階に行く。

比奈は自分の部屋でアクセサリーを作っていたようだ。机の上に、工具やシーグラスがある。

「一昨日は、ごめん」

朝とまったく同じことを言った。ボキャブラリーのなさに落ち込む。比奈はぷっと吹き出した。

「それはもう聞いたよ」

僕は比奈の笑顔に救われる思いで、鞄からワインボトルとグラスを取り出した。あのとき比奈が開けようとしていたものだ。

びっくりしている比奈の前で、僕はワインを開け、ふたつのグラスに注ぐ。

「目標達成、おめでとう」

比奈は首をすくめ、照れながら「ありがとう」と言った。

乾杯。かちりと合わさったグラスの中で、ワインが波みたいに揺れた。

「……比奈はすごいよ。目標達成もそうだけど、それよりも、自分で自分の道を切り開いていくのが、ほんとにすごい」

　比奈はちょっと笑い、机の上に散らばっていたシーグラスをひとつ手に取った。

「ハンドメイドのものってね、作っているときもうすでに、誰の元に届くのか決まってるんだって。ちょっとスピっぽい話だけど、それ、わかるなぁって思うんだ」

「……うん」

「だから、これを使ってくれる人のことを考えながら作ってるの。具体的に顔とかはわからないけど、届け届けって、持ち主になる人の未来とコンタクトしてる感じ。シーグラスは長い長い時間を旅して、私を通って、行くべきところに行くんだと思うと、嬉しくてたまらないの」

　比奈の言うことが、僕にもよくわかった。

　ズボンの中の宝物。煙木屋はもうないけど、僕の手元にはこのスプーンがある。

　僕はこのスプーンと出会ったとき、思ったんだ。


　貴婦人がアフタヌーンティーを楽しむときカップに添えていたかもしれない。優しい母親が幼い息子の口にスープを運んだかもしれない。その男の子が大きくなって、太っちょのおじさんになってもずっと大事にしていたかもしれない。あるいは三姉妹で取り合いになるほど人気のスプーンかもしれないし、あるいはそれは………。

　一九〇〇年代の世で、かつて僕が使っていたものかもしれなかった。

めぐりめぐって、もう一度僕の元に戻ってきたのかもしれない。煙木屋が引き合わせてくれた、僕のスプーン。

僕は、届けたいんだ。悠久《ゆうきゅう》の時を経て受け継がれてゆくもの。持ち主の元へ行くべきもの。そのときそのときの、誰かのもの。

介在したいんだ。出会えるように、手に取って確かめられるように、空間ごと用意して。

僕が店をやりたい最大の理由はそれだった。

「比奈に見てほしいものがあるんだ」

僕は鞄から薄いファイルを取り出し、比奈の前で開いた。

昨晩、ひとりで作成した予算表だった。アンティーク雑貨店を開業、そして運営するための。

物件取得費、内装工事費、空調設備費、什器・備品購入費……。まずオープンさせるためにどれくらいの資金が必要か。そしてスタートしたら、家賃、光熱費、消耗品費、仕入。一日にどれくらいの売り上げがあれば店を維持し続けることができるのか。僕なりに頭をひねってはじき出した青写真だった。

「僕、これから店を開く準備を始めようと思う。オープンしても会社は辞めない。会社員も店主も、両方やる」

比奈は両手を口元にやり、目を輝かせた。

「素敵、いいと思う！　こんなの作れちゃうなんて、諒ちゃんすごい！」

だから……だから、手伝ってくれないか。

プロポーズのつもりのその言葉を、僕は飲み込んだ。

うまくいくかわからない、店を始める前の結婚となったら、苦労をかけるかもしれない。

いや、きっとかける。

やっぱりプロポーズは、いつか店と会社員の両立が軌道に乗ったら、そのときに……。

ああ、また「いつか」だ。そのことに気づいて心が縮む。まったく僕は、安原さんとは大違いだ。比奈に「ついていきたい」と思ってもらえるような男にはぜんぜんなれない。

へこんでいる僕をよそに、比奈があっさりした口調で言った。

「諒ちゃん、結婚しようよ。一刻も早く」

「………え」

比奈のほうからそう言われてしまい、弱気な僕が出動する。警察沙汰になった海老川さんを思い出し、僕はたどたどしく言った。

「でも、もしうまくいかなくて店がつぶれたら……」

「つぶれたら？　それっていけないことなの？」

比奈に言われて、ハッとした。

違う。

海老川さんが警察沙汰になったのは、借金を返さないまま行方知らずになったからだ。店がつぶれたからじゃない。

「仮に閉店することになったとしたって、べつに誰かを傷つけるわけじゃないじゃない。ただカッコ悪いと思われたくないってだけでしょ。いらないわよ、そんなくだらないプライド。他人を雇うより夫婦で一緒にやるのが一番スムーズなんだから」

…………一緒に。「手伝う」じゃなくて、「一緒に」。

勇気づけられた。

ああ、安原さんだってきっとそうだ。美澄さんが「ついてきてくれた」っていうのは、共に力を合わせてくれてるって意味なんだ。だって相棒って言ってたじゃないか。

主従関係がない、どちらもメインの存在。夫婦も同じなのかもしれない。

比奈は思いめぐらすように宙を見た。

「そうとなったら、考えることといっぱいあるわよ。諒ちゃん、警察署にも行かなくちゃ」

「警察？」

「そうよ、古物商《こぶつしょう》許可は警察署へ申請でしょう」

そういえばそうだ。僕は思わず笑ってしまった。どのみち、やっぱり警察のお世話になるのか。

比奈は顎に人差し指をあてる。

「あと、まずはクラウドファンディングとか」

クラウドファンディングなら、安原さんのインタビュー記事にも載っていた。やりたいことの資金を集めるために、インターネットで支援を募るシステムだ。

比奈からそんなアイディアが出るなんて、少し気後れして僕はこぼす。

「素人がそんな簡単にできるものなのかな」

比奈はちょっとあきれたように言った。

「クラウドファンディングは素人がやるものよ、諒ちゃん」

僕のほうに身を乗り出し、比奈が問いかけてきた。

「ねえ、諒ちゃん。世界は何で回ってると思う？」

「えっ……。えっと、愛、とか」

僕が答えると比奈は「えーっ！」と叫んで目を丸くする。

「すごいなぁ、諒ちゃんのそういうところ好きだけど」

おかしそうに笑ったあと、比奈は諭すように言った。

「私はね、信用だと思ってる」

「…………信用」

「そうよ。銀行からお金を借りるのも、仕事を依頼するのも受けるのも、友達との約束も、レストランでご飯を食べるのも、双方の信用で成り立ってるのよ」

比奈の口から言葉がするすると出てくる。僕は目を見張った。

比奈は僕よりもずっと情報に敏感で、普段からしっかり考えてアンテナを張っていたのだ。こんなアグレッシブな子だったんだ。

いや、本当は……僕は気づかないふりをしていたのかもしれない。自分でネットショップを開こうと、パソコン教室に通う比奈。茂木先生に積極的に質問していく比奈。僕はちゃんとわかっていた。比奈にとっては、「浮世離れしたふわふわした夢」なんかじゃなくて、地に足のついた現実だってこと。男だからとか十歳も年上だからとか、「くだらないプライド」が目をそらさせていただけだ。

「お金集めだけのためにクラウドファンディングをやろうと思ったら大変よ。開業できるほど集まるかなんてわからないもの。それよりも、広報活動のすごいツールになると思う。熱く語って、信用してもらうの。むしろ、経験のない人が本気で、嘘偽りない言葉で伝えたことは、きっと人の心を動かすと思う。お店が始まったら、支援したお客さんも喜んで来てくれるよ」

比奈の声を聞きながら、心臓が早打ちしだした。

はたから見たら夢みたいな話なのに、そのイメージの中にいる僕たちはすごくリアルだった。

「………なんか、ワクワクしてきた…」

僕が胸を押さえながら言うと、比奈は嬉しそうに僕の腕をつかんだ。

「それよ！　理屈よりも、ワクワクするならその選択は正解なんだよ、きっと」

比奈の机の隅に置いてある小瓶がふと目に留まって安原さんの言葉を思い出した。

「大事なのは」……。

比奈が大切にしている小瓶の中には、赤いシーグラス。

海で出会った日、僕が拾って渡したもの。そのあとの、ビッグサイトでの再会。

大丈夫、僕にも、きっとやれる。強い確信が僕を奮い立たせる。

そうだよ、だって僕はあのとき――。

運命のタイミングを、逃さなかった。


週明け、僕を待っていたのは社長室への呼び出しだった。

減給か左遷か、最悪クビか。パラレルキャリアに挑もうとした矢先、早々に会社員脱落なんてまったく笑えない。

しかし、僕を迎え入れた社長は、恐れ多くも謝罪してきたのだ。

「美哉が迷惑をかけたね。すまなかった」

吉高さんのことだ。

「金曜日に人事部から報告を受けてね。美哉に聞いたらやっぱり同じことを言っていたんだけど、土曜日にゴルフがあって田淵くんと会ったんだ」

「田淵さんと……」

「田渕くんにも話したら、浦瀬くんがそんなことするはずないって、ものすごく怒ってね。浦瀬くんほど他部署からもあんなに信頼されている誠実な男はいません、って」

僕はびっくりして目を見開いた。田渕さんが。吉高さんが社長の姪だと知っていたはずなのに。

「驚いたよ。田渕くんのことは昔からよく知ってるけど、あんな彼の顔は初めて見た。それで美哉ともう一度ちゃんと話をしたんだ。彼女も自分の非を認めたよ」

比奈の言う通りだった。

社長が田渕さんを、田渕さんが僕を……。世界は、信用で回ってる。


吉高さんは一日休んで、翌日、すました顔で出社した。

そして僕の前に立ち、「すみませんでした」と短く言った。

目も合わせず、むすっとしていたけど、深く下げられた後頭部を見て僕はひとこと「もういいです」と答えた。それきりだ。

吉高さんがお使いに出ているとき、田渕さんが言った。

「浦瀬くん、よくあっさり許したねぇ。吉高ちゃん、腹の中でアカンベしてるかもよ、あれ」

僕は苦笑する。

「いや、辞めちゃわないで逃げずにちゃんと出社したんだから、彼女の中にもかなりの葛藤があったと思いますよ。だから僕、これからの吉高さんを信じます」

ほへえ、と田淵さんが唇をむにむにさせる。僕は彼に紙を三枚差し出した。

「これ、新しいソフトのマニュアルです。田淵さんが引っかかりそうなところ、まとめておきましたから」

「ええ？　うわ、すごい。助かる」

田淵さんは僕が作成したマニュアルを見て感心したようにうなずいた。これで田淵さんの作業が止まったりしないし、同じことを何度も僕に訊いてくることもなくなるだろう。

「お互い、効率よくいきましょう」

まずは、会社員としての仕事のやり方を整えよう。無駄な残業もしない。パラレルキャリアの準備のひとつだった。

田淵さんは茶化すように言った。

「あれ、浦瀬くん、顔つきが変わったたぁ？　なんか盛り上がってきたから、今日、飲みに行っちゃう？」

「いや、今日は定時で帰ります」

今夜は那須田さんと会うことになっていた。店を構える立地や、不動産の状況、内装のことなど、これから少しずつ教えてもらうのだ。

比奈も、あのあと茂木先生とコンタクトを取っている。鉱物販売のルートも紹介すると言ってくれているらしい。

いつのまにか繋がっていた見えない糸をたぐりよせるように、僕たちは動き続ける。

やることはたくさんあるけど、「時間がない」なんて言い訳はもうよそうと僕は思った。

「ある時間」で、できることを考えていくんだ。

「いつか」が「明日」になる。

スプーンの柄に刻まれた羊が、僕の中で駆け出していた。

三章

夏美

四十歳

元雑誌編集者

かつて子供だった私たちのすべてが「サンタクロースはいない」と人生のどこかで知らされたはずなのに、相変わらずサンタクロースがクリスマスから消え去る気配がないのは、まだ幼い子供たちがそれを信じているから、ではありません。昔子供だった大人たちこそが、大人になってもなお、「サンタクロース」の真実を心から理解して、その世界を生きているからです。

何度読み返しただろう、この本を。

カバーを外すと、真っ白な無地の表紙だった。それがまた気に入っている。お守りのようなその本を、私は時に、あちこち持ち歩く。私の貼ったいくつもの付箋の頭が、白い体からカラフルに飛び出していた。

今朝、カレンダーをめくって現れた十二月。今年のクリスマスは、娘の双葉《ふたば》に何をプレゼントしようか。サンタクロースの悩みは楽しい。

ふと、窓から外を見る。

あの夏からもう三ヵ月が過ぎたと、師走の陽ざしを感じながら思う。

押し迫った年末、真昼の青い空。うっすらと白い、上弦《じょうげん》の月が見えた。

＊＊＊

――――八月。

夏季休暇も終わり、会社全体が通常モードに戻ってきた。

私が勤めているのは、万有社《ばんゆうしゃ》という出版社だ。そこの資料部で私は、出版された媒体の管理や、社員に求められた過去のデータを探したり必要な文献を取り寄せたりしている。外部に出す会社の概要や資料作成などもこの部署の仕事だ。

部署のメンバーは、私をのぞいて中老の男性ばかりで五人。みんな口数は少なく、異動になってから二年たつというのに、私はまだこの場にしっくりこない。

ここに来るまで私は「Mila（ミラ）」という雑誌編集部にいた。主に二十代の女性をターゲットにした情報誌だ。

入社してから十五年間、私はがむしゃらに働いた。そんな中で妊娠したのは、突然ではあったけど予定外ではない。三十七歳という年齢を意識して、望んでの結果だった。今出産して早めに復帰すれば、体も仕事の状況もリスクやダメージは最小限だろうと踏んでいたのだ。

もっとも、多少の無理をしたことは否めない。妊娠がわかってから、安定期に入るまでは編集長以外には黙っていた。気を遣われるのがいやだったからだ。つわりの苦しみにもこっそり耐えたし、ホルモンの関係で激しく襲ってくる眠気を大量のミントガムで紛らした。

隠しようもないほどおなかが大きくなって、みんなにお知らせしてからも、妊婦だから一緒に働きにくいと思われないように必死だった。

臨月手前のぎりぎりまで働いて、年明けの出産だった。一月生まれの場合、翌々年まで一年四カ月の育休が取得できる。でも私は、四カ月で復帰を決めた。まだ生後三カ月の双葉を保育園に入れることには躊躇したけど、一日でも早く会社に戻らなければと思ったのだ。

もちろん、復帰初日に足を運んだのはミラ編集部だ。

久しぶりに顔を合わせた同僚は、「おかえり」とどこかぎこちない表情で笑った。そのよそよそしさを不思議に思っていると、編集長に「崎谷《さきたに》さん、ちょっと」と会議室に呼ばれた。そしていきなり、資料部への異動を告げられたのだ。

「どうしてですか」

震える声でやっとそう言うと、編集長は事もなげに答えた。

「だって、編集の仕事しながら子育てなんて大変でしょう」

「でも私は……」

とらえどころのない疑問と怒りが、あふれて止まらなかった。

どうして、どうして、どうして。私はここに戻ってくるつもりで、育休中もミラを毎月隅々までチェックしていたし、資料を読んだり企画を考えたりしていたのだ。復帰後すぐに対応できるように、遅れを取り戻せるように。

私が十三年かけてミラで築いてきたものは、なんだったんだろう。待っていてもらえないほど、私はここに何も残せなかっただろうか？　席がなくなるなんて思いもしなかった。

「九時五時でちゃんと早く帰れるようにしてあげたいって、人事部も気遣ってるんだよ」

なだめるような編集長の言葉に、私は口早にまくしたてた。

「大丈夫です、仕事も育児もちゃんと両立できます。夫と話し合って連携でやりますし、残業や夜の会合のためにベビーシッターのマッチングだって何人かして……」

「もう決まったことだから。そんなに無理しなくたって、資料部のほうが楽でしょ」

編集長は面倒くさそうに私の声を遮った。

絶望という感情を本当に知ったのは、これが初めてだったかもしれない。会社にしてみれば、よかれと思っての判断だったのだろう。でも私は、楽をしたいわけじゃない。おまえはもう用済みだと言われている気がして、真っ暗な穴に落ちていきそうだった。

万有社には子どものいる女性はいない。前例がないのだ。ならば私がその前例を作ろうなんて、のんきすぎる算段だったのだろうか。

それから二年だ。他社の雑誌編集部への転職も何度か考えた。でも、実際問題、夫との連携はぜんぜんスムーズにいかないし、育児は想定外のことばかり起きた。思っていたよりずっと自由がきかず、予定も立てにくい。認めるのは苦しいけど、たしかに、チームを組んで分刻みでタスクをこなさなければならない雑誌編集部で今までと同じように働き続けるのは難しいのかもしれない。それなら、この資料部で、子どもが大きくなるまで息をひそめて耐えなければと思う。

壁時計が五時をわずかに過ぎる。私は音を立てないように鞄を肩にかけ、するっと席を離れて廊下へ出た。部署の中ではみんなうつむいて仕事をしている。定時で帰るのは悪いことをしているわけでもないのに後ろめたい。

家から近い保育園には、定員オーバーで入れなかった。復帰に間に合わせるために、隣駅から少し歩いたところにある保育園になんとか滑り込みしたのだ。そうなると会社からも遠くなった。五時に会社を出ても、電車を一本逃しただけで乗り継ぎがうまくいかず遅くなる。双葉がお迎え最後のひとりだったりすると、ぽつんと私を待っていた姿に心が痛んだ。

駅まで小走りで七分。はじめの三分はまだ働いているみんなに申し訳ない。あとの四分は待たせている双葉に申し訳ない。ごめんなさい、ごめんなさいと思いながら改札を抜ける。

夫の修二《しゅうじ》は今夜もきっと遅いだろう。電車に揺られて私は、まだ明るい窓の外をぼんやりと見た。


修二が週末出張だと聞かされたのは昨日の金曜日だ。イベント会社に勤めている修二は、なんだか前にも増して残業や出張が増えた気がする。本当に急に決まったのかもしれないけど、もっと早く言ってくれたらいいのにと思う。

普段から、こまごまとやることはたくさんある。保育園ひとつとっても、送迎だけでなく連絡ノートの記入や持ち物の用意、行事のための準備。さらに週末は、平日に手の回らないことが待っている。布団干しや風呂掃除や、冷蔵庫の中のチェックや。

いや、そんなことはどうしてもやらなくちゃいけないわけじゃない。修二がいないならいないで、風呂が多少汚れていたっていいし食事も適当に済ませればいい。

何がつらいかって、週末なら分担できると期待していた家事や育児がワンオペになることだ。

修二は子煩悩《ぼんのう》なほうだと思う。おむつを取り替えるのも嫌がらなかったし、離乳食が始まったときは自分からレシピを検索して作ってくれたこともある。何より、双葉に向けるまなざしが愛おしそうで優しい。困ったことが起きても、修二がいてくれるだけでずいぶんと気持ちが楽になる。目も手も離せない幼い子どもとふたりきりでいるのはずっと気が張った状態で、それが私を追い詰めていく。

私だって双葉のことは可愛い。それは微塵《みじん》も嘘ではない。でもその感情と密室育児の閉塞感はまったく別の問題だった。

早朝に出ていった修二を見送り、二度寝しようとしたら双葉が起きてきた。どういうわけか、休みの日にはいつも目覚めがいい。

朝ごはんを食べ終えると、双葉はおもちゃ箱からありとあらゆるおもちゃを取り出し、遊び始めた。そのすきに、私は洗濯物を干しにベランダへ出る。

双葉のシーツが場所を取るので、ハンガーを詰めながら物干し竿にかけていった。

保育園のシーツはチャック式のものを指定されていて、金曜日のお迎えのときに布団から外し、月曜日の朝に装着することになっている。それが週初めの朝はなかなかの手間なのだが、修二にそれを話したら「へー」とだけ返された。そりゃ、聞いてるだけならどうでもいい話だろうね、理解できないだろうねと、思い出してまた胸がくすぶる。

ベランダからリビングに戻ると、双葉がテレビにかじりついてアニメを見ていた。床にはおもちゃが広がっている。

「ふーちゃん、おもちゃやらないなら、おかたづけしようね」

「イヤ」

「出しっぱなしにしてたら捨てちゃうよ」

「イヤーッ！　捨てたらだめ！」

「じゃあ、おかたづけ」

「イヤ」

イヤイヤ期。魔の二歳児の特徴だ。成長過程なので叱らず余裕をもって見守るようにと、育児書に書いてあった。大人げなくイラッときている自分をなだめ、私は散らかったおもちゃをまたぎながらキッチンへ向かった。

昨晩、流しに入れたままだった双葉の水筒を洗う。蓋を開けるとストローが出てくるタイプのそれは、汚れやすくて洗いにくい。漂白と除菌をするために茶渋《ちゃしぶ》のついたパッキンを外し、ハイターでつけおきする。週末の作業のひとつだ。こういう地味で細かいことが、意外に時間をくう。休日だってゆったりとした気持ちになんかなれない。

余裕。余裕かあ。そんなもの、売ってるなら買いたい。

育児、向いてないのかなとため息が出る。もうちょっとうまくやれると思っていた。二日間、双葉とふたりで部屋にべったりいるのは長い。

公園にでも行こうか。でも、運よく人が少なければいいけど、公園で固まっているママたちがいるとなんだか物怖じしてしまって、結局公園の周りを歩き回って終わるだけのことも多い。そう考えると得策ではなかった。

他に、負担なく双葉と時間を費やせるような場所はどこにあるだろう。水族館や動物園に行くのは大がかりだし、区立図書館は本数の少ないバスに乗らないといけない。

ふと、いつだったかお迎えに行ったときに園長先生が「コミハの図書室にキッズスペースがある」と言っていたのを思い出す。

いずれ双葉が通うことになる小学校に、コミュニティハウスが併設されているらしい。帰り際にちらっと聞いただけだったのでそのときには気に留めていなかったけど、スマホでちょっと調べてみたらずいぶんとしっかりした施設だった。集会室や和室もあり、いくつか大人向けの講座も開かれている。

小学校はうちから歩いて十分ぐらいだ。ちょっとお散歩になるし、まだ少し先だけど、小学校の雰囲気を知っておくのもいいかもしれない。

「ふーちゃん、お出かけしようか」

テレビの前にしゃがみこんでいた双葉が、ぴょこっと立ち上がる。よかった、それはイヤではないようだった。

手をつないで歩道を行くと、双葉はスキップするように飛び跳ねた。麦わら帽子をかぶった頭が揺れる。

「ふーちゃんねぇ、つくした、はいてるの」

そう言って顔を上げた双葉の嬉しそうな表情に、思わず笑みがこぼれる。つくした。お気に入りの猫の靴下のことを言っているのだ。わが娘ながら、こんなところは本当にかわいい。

小学校の正門を通り過ぎ、塀を回ったところに「コミュニティハウスはこちらです」と矢印のついた案内板があった。細い通路を入ったところの白い建物がそうらしい。受付で名前と利用目的、入館時刻を書き、中へ入る。図書室は一階の奥だった。

入って右奥に、キッズスペースが見えた。低めの本棚で囲いができ、ウレタン素材のマットが敷いてある。ちっちゃなローテーブルの角は丸い。靴を脱いで上がるようになっていた。

先客はいない。私はほっとして双葉と一緒に靴を脱ぎ、キッズスペースに腰を下ろした。ぐるりと絵本で囲まれて、なんだか癒される。私はランダムに目についたものを数冊取り出した。

癖で出版社を確認してしまう。空の音社。メイプル書房。星雲館。子ども向けの本を出している出版社は、社名の音の響きも優しい。

双葉が靴下を脱ぎ始めた。さっきまで喜んで履いていたのに。

「ふーちゃん、暑いの？」

「はだし。はだしのじぇろっぷ」

「じぇろっぷ？」

だいぶ話が通じるようにはなったけど、時々意味不明なことがある。私は双葉が脱いだ靴下を丸めてマザーズバッグに入れた。双葉は本棚の前をぐるぐると徘徊しはじめる。

本棚の向こうから、ポニーテールの女の子がひょいと顔をのぞかせた。

「ゲロブのことかな」

紺色のエプロンをして、手には数冊の本を持っている。図書室のスタッフだろう。首からかけたネームホルダーには、「森永のぞみ」とあった。新緑の芽のようなフレッシュなスマイルで、のぞみちゃんは言った。

「人気シリーズなんですよ、『はだしのゲロブ』。ムカデの絵本」

「え、ムカデ……」

のぞみちゃんはくすくすと笑いながら靴を脱ぎ、中に入ってきた。持っていた本をいったんローテーブルに置くと、手際よく本棚から一冊の絵本を取り出して双葉に渡す。

「じぇろっぷー！」

双葉は大はしゃぎで絵本に飛びつく。保育園で知ったのだろう。表紙をめくると、ムカデのキャラクターがいっしょうけんめい靴に足を入れようとしている絵が現れた。たくさんある足の半分は裸足で、もう半分はいろんな靴を履いている。かわいらしいとは言い難い、奇妙にデフォルメされたその絵を眺めていると、のぞみちゃんが言った。

「名前もゲロブって、こういうの大人は気持ち悪いと思うかもしれないけど、子どもは好きですよね。ハエとかゴキブリとかも出てくるんだけど、なんか愛があっていいんですよ。害虫とされている虫たちに対して先入観のない、子どもの目線で作られたすてきな絵本だなあって思います」

すごい、本のプロだ。私は感心してうなずく。

「ここの本、借りられるんですか」

「はい、区民の方でしたら。他にも何かお求めでしたら、あちらの奥に司書がいますので」

のぞみちゃんは反対側の奥に手を伸ばした。パーテーションがあってよく見えないけど、天井から「レファレンス」とプレートが下がっている。

「あなたが司書さんかと思いました」

私が言うと、のぞみちゃんは照れくさそうに片手を振った。

「いえ、私はまだ勉強中で。高卒なので、司書になるためには三年の実務経験が必要なんです。まだ一年目だからがんばらないと」

潤んだ大きな瞳。若さがまぶしくて、くらくらしそうだった。なりたい職に就くために、その「実務経験」をしっかり積もうとしているけなげさに胸が熱くなる。

私もこんなふうに、やりたいことがあって、がんばって就職活動したんだよなと思い出す。

出版社で働きたくて、本を作りたくて。ミラは大好きな雑誌だったから、配属されたときはすごく嬉しかった。

五年前、ミラで作家の彼方みづえの連載をとってきたのも私だ。みづえ先生は当時七十歳で、編集長からは若い女の子の雑誌にはそぐわないと言われた。しかもエッセイではなく小説なんて、この手の情報誌には合わないと一蹴《いっしゅう》された。

でも私は、絶対にみづえ先生の言葉は若い女の子の心を打つと思った。先生はそれまで、歴史小説や純文学を書いていたけど、奥に潜む希望的で力強いメッセージ性は、二十代の女性にこそ響くはずだという確信があった。設定や書き方をミラの読者層に向ければ、物語の先を知りたくて読者はミラを毎月楽しみに買うと思った。

それで局長にかけあってみたら、「口説き落とせるものならやってみろ」と笑われた。編集長とは違う観点からのダメ出しだった。ミラのような小娘向けの雑誌にあんな大御所作家が筆を執ってくれるわけないだろうというのが局長のいいぶんだった。

それで私は、みづえ先生に猛烈にアタックした。最初は断られた。月刊誌の連載はもうきついのよと、お茶をにごされた。

でも私は何度もお願いした。みづえ先生の小説の持つ、ひそかに込められた逞しさや明るさを、懸命に生きている女の子たちに伝えたいのだと懇願した。全力でサポートすることを約束しますと。

五回目のアプローチでみづえ先生はやっと首を縦に振ってくれた。崎谷さんとならどんな物語が生まれるのか知りたいと言って。

タイプが違うふたりの女の子の、友情ともライバルともつかない関係を描いたみづえ先生の連載小説『ピンクのプラタナス』は、「ピンプラ」と呼ばれすぐにミラの目玉ページになった。売上が伸びたのも連載が大きく影響していることは明らかだった。一年半かけて大好評のうちに最終回を迎えたあと、書籍化が決まった。万有社には文芸部がないので、一冊にまとめるのも書店回りをするのも私の仕事だった。変わらずミラの編集作業をしながらだったから、入社以来最高に多忙を極めた時期だったけど、私は毎日ふるえるほど楽しかった。

その小説はその後、年に一度行われる大きな文学賞「ブックシェルフ大賞」を受賞した。さすがに会社が沸き立った。雑誌メインの万有社がこんなふうに文芸で光を浴びるなんて異例のことなのだ。廊下ですれ違った局長に呼び止められ、暗に副編集長への昇格をにおわされたりもした。

その直後に妊娠が発覚した。いったん休みに入ることに、不安がなかったわけじゃない。だけど私は、会社に対してある程度の功績を上げたと自負していた。この仕事が大好きで、みづえ先生との信頼関係もできて、復帰したらもっともっとがんばろうと思っていた。私にとって編集の仕事は、大事に積み重ねてきた努力の結晶のはずだった。

でも。

取り上げられてしまった。今までの経験や頑張りは、まったく認められていなかったのだ。

ミラに復帰しないのなら、育休中、仕事のことで頭をいっぱいにせず双葉ともっと向き合えばよかった。双葉が寝ている貴重なひとりの時間、企画を練ったり情報収集に力を注いだりしないで、一緒にごろごろしたり、韓流ドラマを見たり、趣味に当てればよかった。

どっちも中途半端なまま満足に得られず、なのに両手は繁雑《はんざつ》な毎日でふさがっている。

私はどうすればいいのだろう。何をすればよかったのだろう。なんだか堂々巡りだ。抜け道のない迷路の中で、うだうだ言ってるだけでちっとも進まない。

私は床にぺたんと座って絵本を開いている双葉に声をかけた。

「ふーちゃん、あっちでおもしろい絵本調べてもらおうか」

聴こえているはずの双葉はイヤとも言わず、ゲロブに見入っている。のぞみちゃんが言った。

「私、ふーちゃんのこと見てますから、行ってらしてください」

「え、でも」

「今なら他に利用者さんもいないですし、どうぞ」

お言葉にあまえて、私は靴を履いた。ここでいい絵本をいくつか借りていけば、週末は多少乗り切れるかもしれない。

私は掲示板にもなっているパーテーションを越えてレファレンスコーナーをのぞき、ハッと足を止めた。

カウンターの中に、白くて大きな女の人がいた。年齢はよくわからないけど五十歳ぐらいか。特注なのか、海外のビッグサイズなのか、着ている白い長袖シャツはおそらくそのあたりで普通に売ってはいないだろう。アイボリーのエプロンをかけ、ぱんと張った肌もシミひとつなく真っ白で、なんというか、ディズニーアニメの「ベイマックス」みたいだった。

司書さんはむっつりした表情で下を向き、なにか細かい作業に没頭していた。何をしているんだろうと興味本位で近づくと、スポンジマットの上で、丸めた毛糸のようなものに針を刺している。

知ってる、それ。羊毛フェルトだ。私の担当じゃなかったけど、ミラで特集したことがある。綿みたいな羊毛を針でちくちくと刺して形を作るのだ。

つまり手芸。マスコットか何かを作っているのだろう。こんな巨体でこんなちっちゃなものを生み出していることが本当にアニメチックだった。私は好奇心にかられて、彼女の手元をじっと見た。

すぐ脇に、ダークオレンジの箱がある。老舗の洋菓子メーカー、呉宮堂のハニードームのパッケージだ。半球形のソフトクッキーで、中にじゅわっとハチミツがしみていて美味しい。年齢を問わず広く人気商品なので、作家さんへの差し入れにすることもあった。司書さんも好きなのかなと思ったら、急に親近感がわいた。

ぱたっと、司書さんの手が止まる。じろりと見られて私は身をすくめた。

「あ、すみませ……」

謝るところではないのだが、なんだか萎縮して後ずさると司書さんは言った。

「何をお探し？」

ふわん、と体を包まれたような気がした。

不思議な声だった。親切でもなく明るくもない、フラットな低音。なのに、身も心もゆだねたくなるような、懐の深さを感じられるひとことだった。

何を探しているのかと問われれば、たくさんある気がした。これからの私の生きる道は？　このモヤモヤの解決手段は？　育児に必要な「余裕」とやらは？　どこにありますか、そんなもの。

でも、ここはカウンセリングルームではない。私は「絵本を」と、それだけ伝える。

司書さんの胸元に、「小町さゆり」と書かれたネームホルダーがある。なんて愛らしい名前なのだろう。司書の小町さん。彼女はハニードームの箱の蓋を開けると針をしまった。空き箱を裁縫道具入れにしているらしい。

小町さんは平淡に言った。

「絵本。それはそれは、たくさんあるよ」

「二歳の娘向けに、なにか。娘は『はだしのゲロブ』、気に入ってました」

小町さんは体をゆすって唸る。

「ああ、あれは名作」

「目利きから見るとそうなんですね。子どものツボって、私はよくわからなくて」

私がつぶやくと、小町さんはちょっと頭を傾けた。きつくまとめられたおだんごに、房になった白い花飾りのかんざしが挿してある。好きなんだな、白。

「まあ、育児っていうのは、実際にやってみないとわからないことばっかりだからね。イメージしてたのと違うことがいっぱいある」

「そうそう、そうなんです」

私はこくこくと何度もうなずいた。理解者が現れた気がして、思わず本音を漏らしたくなる。

「くまのプーさんを可愛いと思うのと、実際に熊と暮らすのとではぜんぜん違う、というくらいに違いました」

「わはははは！」

小町さんが突然、豪快に笑ったのでびっくりした。こんなふうに大声を出すとは思わなかった。冗談を言ったつもりはないのに。

でも安心もした。こういうことを話してもいいのだ。愚痴がするりと口からこぼれる。

「……私、子どもが生まれてから行きづまってばかりで。やりたいことがやれないもどかしさに、こんなはずじゃなかったって。娘のこと大事なのは本当なんですけど、育児、想像以上に手ごわかったです」

笑いやんだ小町さんが、また淡々と言った。

「子どもは、ほのぼのと生まれてくるわけじゃないものね。お産って大イベントだったでしょう」

「ええ。世のお母さんたちってスゴイと思いました」

「そうだね」

小町さんはちょっとだけうなずき、私の目をのぞきこむようにして顔をまっすぐこちらに向けた。

「でも私、思うんだよ。お母さんも大変だっただろうけど、私だって生まれてくるときに相当な苦しみを耐え抜いて、持ちうるだけの力をすべて尽くしたんじゃないかって。十月《とつき》十日《とおか》、お母さんのおなかで誰からも教わることなく人間の形に育って、まったく環境の違う世界に飛び出してきたんだから。この世界の空気に触れたとき、さぞびっくりしただろうね。なんだ、ここはって。忘れちゃってるけどね。だから、嬉しいとか幸せとか感じるたびに、ああ、私、がんばって生まれてきたかいがあったって、嚙みしめてる」

胸を突かれて、私は黙る。小町さんはパソコンのほうに体を向けた。

「あなたもそうだよ。たぶん、人生で一番がんばったのは生まれたとき。その後のことは、きっとあのときほどつらくない。あんなすごいことに耐えたんだから、ちゃんと乗り越えられる」

そう言ったあと、小町さんはすっと姿勢を正し、キーボードの上に両手を置いた。そしてぱぱぱぱぱぱぱっとものすごい速さでキーを打った。指だけが機械になったみたいだった。あっけにとられてその姿を見ていると、小町さんが最後の一手をぱーんと打つ。次の瞬間にプリンターがカタカタ動き出した。

排出されたB5サイズのその紙には、本のタイトルと著者名、棚番号などが表になって印刷されていた。渡されたその文字を、私はまじまじと見る。

『ぽぽんさん』『おかえりトントン』『なんの、のんな』。この三冊は、あきらかに絵本だろう。しかしその下に目が留まる。

『月のとびら』。著者は石井ゆかり。

石井ゆかりさんなら知っている。毎日の星占いをSNSにアップしている人だ。ミラにいたときの仲間がライン登録していた。私は占いをあまり見ない。女の子がこういうのを好きなのはわかっているから占いブース特集なんて考えたこともあったけど、個人的には毎月の占いページをチェックしたことも特になかった。

石井ゆかりさんが絵本も出しているのかと思ったけど、この本だけ分類表示や棚番号が違う。私は訊ねた。

「占いの本ですか？」

私の問いには答えず、ちょっとかがんでカウンター下の引き出しをいくつか開けていた小町さんが、三段目から何かを取り出して私によこした。

「どうぞ。あなたには、これ」

ころんと丸い、羊毛フェルトだった。青い球体に、緑色や黄色のまだらの模様がある。

……地球？

「可愛いですね。小町さんが作られたんですか。娘が喜びます」

「それはあなたへの付録」

「え」

「本の付録だよ。『月のとびら』の」

言っている意味がよくわからなかった。　私が困惑していると、小町さんは針を手に取り言った。

「羊毛フェルトのいいところって、途中から好きなようにやりなおせるっていうのもあるね。あるていど出来上がってきても、作ってるうちやっぱりこうしたいなって思ったら軌道修正がしやすくて」

「へえ。最初に思ったのと違ってきてもいいんですね」

小町さんは黙った。むっつりと下を向き、さっきの続きで毛玉に針を刺し始める。私とはもう話す気はないらしい。

業務終了をアピールするような所作にそれ以上声がかけづらくなって、私は地球をバッグの内ポケットに入れ、キッズスペースに向かった。

のぞみちゃんが双葉に絵本の読み聞かせをしてくれている。私はちょっとだけ甘えることにして、一般書の棚で『月のとびら』を探した。

『月のとびら』は、表紙にぼんやりと白い半月の描かれた、青い青い、青い本だった。

表紙や裏表紙だけでなく、天も地も小口も……つまり、紙の断面すべてが青く塗られているのだ。暗くはないけど華美でもない、深くて遠い青。そして表紙を開いたところの見返しは墨のように真っ黒だった。本を開くと、ディープ・ブルーに囲まれてクリーム色の紙が現れる。そこに書かれた文字を目で追えば、まるで夜の中で読んでいるような気持ちになった。

ぱらっとページをめくったところで、「母」という漢字が私を捉えて手が止まる。


星占いの世界で、月は「母親、妻、子供の頃の出来事、感情、肉体、変化」などを意味します。


月が母親や妻を意味する？

よく、「お母さんは一家の太陽」って言うのに。だからいつも明るく笑っていなくちゃいけないって。意外に思ってその近辺を戻りながら読み進めていくと、興味深いことが書いてあった。

妊娠した女性のおなかが膨らむこと、月経周期と月の周期が一致することから、母体と月が重ねられるイメージ。処女神である月の女神アルテミスや聖母マリアを例にとった、処女性と母性が同時に象徴されることに関する考察。

おもしろい。そして、文体が美しくてわかりやすくて、頭にすっと入ってくる。「占い」というよりは、月を身近に感じられるような「語り」の本だった。カバーの袖に書かれた石井ゆかりさんのプロフィールを見ると、「占い師」ではなく「ライター」となっている。

なんだかものすごく納得して、この本をじっくり読みたくなり、私は借りることを決めた。

キッズスペースに入り、リストを見ながら今度は絵本を探す。小町さんが選んでくれた三冊と、双葉が手放さない『はだしのゲロブ』。のぞみちゃんに貸出カードを作ってもらい、合計五冊を借りた。

「ふーちゃんが持つー！」

裸足のまま靴を履いた双葉が、ゲロブの絵本を抱えている。ムカデやゴキブリに助けられる週末。私はこの絵本の作者と出版社に、大きな感謝の意を抱いた。


しかし、家にいるとなかなか集中して本を読めないのも、育児をやってみないとわからないことのひとつだった。せっかく借りた『月のとびら』は、週明け月曜日の今日、通勤電車の中で数ページしか読めていない。

ミラにいたころは、デスクで本を読んでいてもまったく気兼ねはなかった。それが直接仕事に関係なくても、何かのネタになることもあるからだ。

でも資料部にきてから、普通に読書することは憚《はばか》られた。仕事をサボっているとしか思われないだろう。

いつものように席につき、書類の山に目を通していたら、戸口から「崎谷さん」と声をかけられた。

はっと顔を上げると、木澤《きざわ》さんがいた。ミラの編集部員で、私が産休に入る少し前に転職してきた同じ年の独身女性だ。あまり接触のないまま異動になってしまったので、懇意《こんい》ではない。一緒に働く時間が少なかったというのもあるけど、さばさばしすぎる彼女のことが、私は正直、とっつきにくい。

私が育休の間に、木澤さんがミラの副編集長になった。前職の雑誌社でも敏腕で知られていて、社長の引き抜きだったという噂もある。みづえ先生の担当も彼女に引き継ぐことになって、そういうことも私が彼女を敬遠してしまう理由のひとつかもしれない。

木澤さんは、紙を一枚よこした。

「これ、取り寄せてほしいんですけど」

「あ、はい」

私は木澤さんから指示書を受け取る。バッグのブランドカタログだ。資料部の中に入ってこないで戸口から私を呼ぶのは、他のおじさん社員ではわからないだろうと思っているからに違いない。それとも、わざとミラでの仕事ぶりを私に見せつけにきてるのか。

「今週中にお願いできます？」

さめた声で言う木澤さんの目の下に、クマがある。ゆるめのニットにジーンズを穿き、乱れた髪の先をバレッタで留めていた。

日程的に、今日あたりが校了だ。徹夜覚悟の服装なのだろう。

黒い痛みがぞろりと湧く。私もかつてはそちら側にいたのに。

「大丈夫だと思います」

私はそう答え、不穏な気持ちをごまかすために、つとめて明るく「今日、校了ですか」

と笑った。木澤さんは自分の髪の毛をちょっと触る。

「うん、そう」

「いいなあ。やりがいがありますよね、編集の仕事って」

軽い雑談のつもりだった。でも木澤さんは、一瞬、視線をそらしたあと、ぎこちなく笑って言った。

「でも、ずっと会社でほとんど家にいないって感じ。終電にすら間に合わなくて自腹でタクシーってこともあるし。私も一度でいいから定時で帰ってみたい」

胸がくすむ。「私も」って？

「まあ、私は家に帰ったところで誰もいないけどね。さびしいもんよ」

自虐的に言う木澤さんに、私は何も答えられず精一杯の愛想笑いを返す。

まるで私のことがうらやましいとでもいうような口ぶりだった。そう思うのは私の心が荒んでいるからだろうか。こんなにやつれている木澤さんに、吐きそうなほど嫉妬しているのは私のほうなのだ。

木澤さんに言いたかった。そんなに早く帰りたいなら、辞めればいいじゃないの。自分で選んで、好きでそこにいるんでしょう。

でもそれは、まるごと私自身なのもわかっていた。そうだ、私は自分で選んだのだ。子どもを産むこと、育てること。

望んではいけなかったのだろうか。仕事も家庭も両方なんて贅沢なんだろうか。不満なんて言っちゃいけないの？

　私が無言で立ち尽くしていると、木澤さんは「ああ、そうだ」と切り出した。

「明後日、彼方さんのトークイベントがあるんだけど」

　ふっと心が緩む。みづえ先生の？

「ウチとは関係ないから、義理はないんだけどさ。編集長が一応顔出しとけばっていうんだけど、私、手いっぱいだから、崎谷さん行けたりする？」

「…………行きます！」

　食いついた私に、木澤さんはぴくんと肩を動かす。

「じゃ、詳細はメールするからよろしく。資料部の部長にも、編集長からよしなにはからうようお願いしておくから」

　最後のほうは背を向けながらそう言い、木澤さんは廊下を歩きだした。

　木澤さんが私をどう思っていようと、かまわない。声をかけてくれて感謝だ。みづえ先生に会える。そして、ちょっと編集者っぽいような仕事ができる。元担当として。


　翌日、私は昼休みに書店へ行き、みづえ先生の新刊を買った。今日が発売日なのだ。イベントもそこに当てているのだろう。

　トークイベントは、明日、都内のホテルで午前十一時から行われることになっている。みづえ先生に連絡したら「終わったらちょっとお茶しましょうよ」と言ってくれた。

嬉しかった。すごく嬉しかった。

急いで新刊を読もうと帰りの電車で目を走らせるが、半分もいかない。今日はどうしても、双葉に早く寝てもらわなくては。

保育園で覚えてきた歌を、双葉は帰り道でずっと歌っていた。相当気に入ったらしく、帰宅してからも自己流で振りをつけながらエンドレスで口ずさんでいる。

風呂に入れたあと、転がすようにして布団に寝かせ、私もその隣に並ぶ。寝室の電灯を薄明かりにして、とんとんと双葉の胸に手をやった。

「早く寝ようね」

双葉は騒いでいてなかなか寝ない。わざとふざけて大声で歌ったりもする。私はつい、「目を閉じなさい！」と声を荒らげてしまった。

「イヤー！　ふーちゃん、お歌うたうのっ！」

逆効果だ。よけいに興奮した双葉は、布団の上に仁王立ちになる。

修二はいつ帰ってくるんだろう。せめて何時に帰ってくるのかはっきりしていれば、そこまで待てば助っ人が現れるとわかっていれば気が楽になるのに、修二はラインひとつしてくれない。

私はあきらめて電灯の明るさを一段上げ、双葉の隣に寝そべってみづえ先生の本を広げた。

双葉は少しの間歌っていたが、ほどなくして枕元に置いてあった絵本を開き始めた。私の真似だろう。絵を見ながら、ああだこうだとしゃべっている。読み聞かせしてほしいのかなと思いつつ、私はろくに相手もせず小説を読み続ける。一分でも時間が惜しい。

みづえ先生の小説はやっぱり面白い。この本の担当編集者とは、どんな打ち合わせをしたのだろう。どんなふうに物語を作りこんでいったのだろう。

ああ、私もやってみたい。どうしようもなく心が振れた。

そこからしばらくの間、双葉の声を聞きながら文章をたどっていたのだが、どこからか意識が途切れた。

不覚にも途中で寝落ちしてしまったらしい。修二が帰ってきたことにも気づかず、私は小説を読み終えないまま朝を迎えた。


朝、起きてきた双葉がくしゃみをしている。鼻水が出ていた。

私はあわてて、双葉のおでこに手を当てる。そんなに熱くはない。祈るような気持ちで抱っこをし、体温計を脇に挟み込む。

「あれ、双葉、大丈夫かあ」

のんびりした修二の声。エアコンをかけっぱなしで寝てしまったのは私のミスだけど、自分が布団に入るときにタイマーでオフ設定にしてくれなかった修二に怒りを覚える。

体温計の電子音が鳴った。三十六度九分。若干の不安は走るけど、大丈夫だろう。

お願い、大丈夫でいて。今日だけでいいから。

私は修二におずおずと切り出した。

「あの、さ」

「ん？」

「大丈夫だと思うんだけど。もしかして、もしかしての話よ？　今日、双葉が保育園から呼び出しになっちゃったら、お迎え行ってもらえたりする？」

「あー、無理だな。今日、幕張まで行かないといけないもん」

「……だよね」

聞くだけ無駄だった。私は支度をすませ、双葉を保育園に送った。

行きの電車で、急いでみづえ先生の本の続きを読む。ラストを知らないわけにはいかない。ざっと斜め読みしながら、なんとか読了した。

みづえ先生の小説を、こんなふうに雑に読みたくなかった。静かな場所で、じっくり腰を落ち着けて、みづえ先生の物語の世界に浸りたかった。でも仕方ない。

木澤さんが「よしなにはからって」くれたおかげで、私は十時に中抜けすることを許された。トイレをすませ、会社を出たところでスマホが電話着信した。

画面に「つくし保育園」と出て、戦慄《せんりつ》が走る。

きっと、双葉が熱を出したのだ。

無視しようか。気づかなかったことにしようか。でも、ここは親として出なくては。心の中でふたりの私がせめぎ合う。

ふつっと、留守番電話に切り替わった。

メッセージが吹き込まれたのを待って、私はそれを聞くための操作をしスマホを耳にあてる。担任のマユ先生の声だ。

――双葉ちゃんがお熱です。お迎えお願いします――。

これを。

これを聞かなかったことにすれば。

保育園から会社に連絡が入って、資料部の誰かが私に電話をしてくるかもしれないけど、スマホを家に置き忘れたことにして出なければ。

先生とのお茶はあきらめて、トークイベントが終わったらすぐ保育園に連絡して、お迎えに走れば二時には着くだろう。それぐらいなら許されるんじゃないか。だって双葉は安全な保育園にいるんだから。

そう思いながらも、双葉の泣き顔が浮かぶ。

昨晩、掛布団をはいでいたかもしれない。エアコンで冷えたのかもしれない。高熱で苦しんでいるかもしれない。早く寝かせることができず、そのまま寝落ちしてしまった私の責任だ。絵本を開いて話しかけてきた双葉の相手をしなかったことも思い出されて、なんてひどい母親だろうと罪悪感が募る。

トークイベントに行けないとなれば、木澤さんやミラの編集長には、やっぱり使えないヤツだと思われるだろう。だけど今回に関しては、出席しなかったからといって仕事に決定的な大穴を開けるものではない。ただ私が行きたいだけだ。

私はぎゅっと目を閉じる。

そして大きく息をつき、保育園に折り返しの電話をかけた。


保育園に行ったら、私を見つけた双葉が笑顔でぱたぱたと走ってきた。

……………なんだ、元気じゃないの。七度八分でぼうっとしてるって言ってたのに。

マユ先生が出てくる。まだ二十歳を過ぎたあたりの、新任の先生だ。

「双葉ちゃん、元気ないなと思ってたんですけど、ちょっと眠かったみたいですね。お熱も七度一分まで下がりました」

ほっとしたのと同時に、やりきれない想いがこみあげてくる。これならお迎えに来なくたってよかったんだ。今日は特別な日だったのに。気がついたら私は泣いていた。

「あらあら。ママ、心配だったんですねえ」

笑いながらそう言うマユ先生に向かって、私はつぶやいていた。

「……………なんで女ばっかり」

自分でも知らないような低い声が出た。マユ先生がぎょっとしている。私の言葉の意味なんか、わからなかったかもしれない。

私だけじゃない、迎えに来る親の大半は母親だ。まだまだ、それが自然なことのようになっている。仕事への影響が大きく出てしまうのは、どうしても「産んだ人」なのだろうか。

マユ先生はおどおどと言った。

「え、あの、七度五分超えたら連絡することになっていて……ひきつけとか起こしちゃうといけないから……」

はっと我に返る。マユ先生を責めるような言い方になっていただろう。

「いいえ、違うんです。すみません。ありがとうございました」

私は双葉を抱きかかえ、タイムカードを押して保育園を出た。


帰宅したあと、双葉の熱を測ったら六度五分だった。夕食後に大好きなりんごヨーグルトを食べてご機嫌な双葉は、テーブルにぬいぐるみを並べて遊んでいる。早めに寝かせようと、八時すぎにパジャマを着せた。

「今日はもう寝ようね」

「イヤー」

「またお熱出ちゃったら困るでしょ。ほら、ウサ子はおかたづけ」

「おかたづけ、イヤ」

イヤイヤ、イヤイヤ。

「お母さんだって、イヤだよ」

私はため息をつき、ウサギごと双葉を抱っこして布団に運んだ。

ウサギと川の字になって三人で寝ころぶ。双葉はきゃっきゃと声をあげ、ウサギとしゃべりだした。

……行きたかったな。みづえ先生のトークイベント。終わったら一緒にお茶飲んで。久しぶりにいろいろ話して。

保育園に向かう道すがら、まずミラ編集部に電話して木澤さんに行けなくなったことを伝えた。木澤さんは「べつにいいよ。お大事に」とだけ言った。腹の内はまったくわからない。

みづえ先生には電車の中でメール謝罪した。「育児あるあるあるよね。気にしないで。また会いましょう」という返信がすぐにきた。育児あるある。

母親にとって、この日に限ってというときにばっかり、子どもは熱を出す。ふたりの息子さんがいるみづえ先生も、そんな経験をくぐってきたのだろうか。

みづえ先生と話したいなあ、と思った。でも今の私はもう、編集者じゃない。みづえ先生に気軽にお茶しましょうなんてこちらから言える立場にはいない。

考えてみれば、仕事の大きな魅力のひとつはそれだった。会いたい人に会えること。一対一で向かい合って、その人の心の奥にふれること。

なんだかものすごく疲れていた。ミラにいたころは、どんなに忙しくてもどんなに外を駆けずり回っても元気だったのに。体も気持ちも粘土みたいに固くて重い。

寝そべって考えているうち、またはらはらと涙が出てくる。

そしていつのまにか、双葉と一緒に眠ってしまった。


目を覚ますと夜の十一時半だった。

早めに寝かしつけていろいろやろうと思っていたのに、また寝落ちしてしまったことにがっくりする。

すやすや眠っている双葉のおでこに手をやると、熱があるどころかつめたいくらいだった。双葉の髪の毛の生え際をちょっとなぞり、私は立ち上がった。

修二はまだ帰ってきていない。部屋は乱れ、流しに洗い物がたまっている。夕方に取り込んだ洗濯物が、ハンガーにかかったままソファの上に投げ出されていた。

ふう、と息をつき、まずは洗濯物をたたむところから手をつけた。

玄関で鍵を開ける音がする。修二だ。

「ただいまー」

「遅かったね」

「あー、なんか忙しくてさぁ」

そう言いながらも特にしんどそうではない調子で、修二は私の横を通り過ぎる。ふわっとお酒のにおいがした。

「飲んできたの？」

「え？　あ、うん。ちょっと」

「じゃあ、ご飯はいらないの？」

苛立ちの混じった私の声に、修二が顔をしかめる。

「一杯ひっかけてきただけだよ。そういう気分のときだってあるだろ」

「……あるね。あるわよ。私にはできないけどね」

一度声に出したら、止まらなくなった。弾みがついて次々に言葉が出てくる。

「保育園の送り迎えはすべて私、あなたが食べるかどうかもわからない夕飯を作るのも私。今日だって行きたいところがあったのに、たいしたことないのに保育園から呼び出しよ。時間に追われて、いつも急いでいて、自分のことなんて全部後回しで、私はできないことだらけなんだからねっ！」

「なんだよ、俺だって遊び歩いてるわけじゃないだろ」

「飲みに行ってるじゃない、連絡もしないで！」

思わず、たたみ終えたタオルを投げつけた。近くにあったマグカップにしなかったのは割れたら困るからだ。こんなに頭に血がのぼっているのに、一方で瞬時にそんな計算を働かせている。

「ふたりの子でしょう。妊娠したとき、協力し合おうって言ってたじゃない。もっとお迎えとか家事とか、修二だってやってよ!」

「じゃあ、俺が出世しなくてもいいの? 会議や出張をほっぽって迎えに行ったり、早く帰ってきて夕飯作るとか、無理だよ。現状として動けるのは、融通の利く部署にいて五時で上がれる夏美《なつみ》じゃないか」

私は黙った。悔しかった。修二が会社で立場が悪くなったら、それは困ると思う自分がいる。

でも、そんなのずるい。私はキャリアを降りたのに。修二だけ自由に仕事に集中できるなんてずるい。

結局、家のことは私がすべて背負わなくちゃいけないんだろうか。

母親だから?

「……私ばっかり損してるよね」

私が涙声を投げかけると修二はあからさまに嫌な顔をし、何か言いかけてはっと目を見開いた。

リビングのドアのところに、双葉が立っていた。大きな声を出したせいで、起こしてしまったらしい。

何かあせっているような口調で、双葉が言った。

「ふーちゃん、おかたづけ、する」

双葉はぬいぐるみをおもちゃ箱に運び始めた。泣きそうなその顔を見て、ぎゅっと胸がしめつけられる。

会話の内容はよくわからないにせよ、双葉は自分のせいで私たちがケンカしていると思ったのだろう。自分がいい子にしていれば、仲直りすると思ったのかもしれない。

私は思わず双葉を後ろから抱きしめる。ごめん。ごめんね、双葉。

損をしている、なんて。

大切な子なのに。望んでいた子なのに。まるで双葉のせいで自分の人生が狂ってしまったみたいな気持ちになるなんて……。

翌日、昼前に受付から内線が入った。みづえ先生だった。

ロビーに降りていくと、和装のみづえ先生が人懐こい笑顔を見せる。

すぐにわかった。みづえ先生が私のスマホに直接ではなく内線を使ったのは、そうすれば私が出やすくなるからだ。

会いたかった。みづえ先生を目の前にすると急に体がほどけて、私はぽたりと泣いてしまった。

先生は驚かなかった。私の肩にそっと手を置き、ささやくように言った。

「お昼休憩は何時から？　よかったらご一緒しましょうよ」

　会社近くのカジュアルなビストロを指定し、そこで席をとって待っているからと先生は笑った。


　みづえ先生が万有社に来ていたのは、木澤さんとの打ち合わせのためだった。

『ピンクのプラタナス』が映画になるのだ。私が先生とふたりで創りあげた小説なのに、木澤さんが担当することに苦い気持ちが込み上げる。

　オムライスをスプーンですくいながら、先生が言った。

「ねえ、崎谷さん。私ね。あの連載、ちょっとつらかったの」

「えっ」

「だってそうでしょう、敏感で多感な女の子と向き合うのって、緊張したわよ。うっかり無神経なことを書いてしまうんじゃないかとか、そんな感覚はもう古いと笑われるんじゃないかって」

　みづえ先生はオムライスを一口食べ、でもね、と嬉しそうに続けた。

「ちょっとつらくて、すごくすごく楽しかったの。私、若い女の子に伝えたいことがこんなにたくさんあったんだって、気づいたから。連載の間じゅう、あのふたりが私の中でずっとしゃべってるのよ。いつも一緒だったの。あの子たちも、あの小説を読んでくれる読者さんも、大事な娘みたいでね。久しぶりに育児してるみたいな気持ちだったわ」

言葉を失っている私に、みづえ先生はにっこりと目を細めた。

「あなたのおかげよ、崎谷さん。誕生に立ち会って、一緒に育ててくれた。崎谷さんは私やあの小説にとって、助産師さんで、保健師さんで、夫で、お母さんだった」

涙がとめどなくあふれてくる。私は両手で顔を覆いながら言った。

「私、先生とはもう、こんなふうにお会いできないんじゃないかと思っていました。だって、私はもう……」

編集者じゃないから。

先生の前でなんとか蓋をしていた感情が、堰《せき》を切ってこぼれだす。

「ミラでバリバリ働いてる木澤さんに嫉妬したり、子どもができて人生が狂ったなんて思ってしまって、そういう自分もいやで」

みづえ先生はスプーンを置き、穏やかに言った。

「ああ、崎谷さんもメリーゴーランドに乗ってるとこか」

「メリーゴーランド？」

ふふふ、とみづえ先生が口元をほころばせる。

「よくあることよ。独身の人が結婚してる人をいいなあって思って、結婚してる人が子どものいる人をいいなあって思って。そして子どものいる人が、独身の人をいいなあって思うの。ぐるぐる回るメリーゴーランド。おもしろいわよね、それぞれが目の前にいる人のおしりだけ追いかけて、先頭もビリもないの。つまり、幸せに優劣も完成形もないってことよ」

そこまで楽しそうに言うと、みづえ先生はコップの水を飲んだ。

「人生なんて、いつも大狂いよ。どんな境遇にいたって、思い通りにはいかないわよ。でも逆に、思いつきもしない嬉しいサプライズが待っていたりもするでしょう。結果的に、希望通りじゃなくてよかった、セーフ！ってことなんかいっぱいあるんだから。計画や予定が狂うことを、不運とか失敗って思わなくていいの。そうやって変わっていくのよ、自分も、人生も」

そしてみづえ先生は、どこか遠くを見ながらほほえんだ。

会計のとき、みづえ先生がつかんだ伝票に私は必死で手を伸ばした。経費で落とすことはできない。でも私がお金を持つものだと体に刷り込まれている。

みづえ先生は伝票を掲げて言った。

「いいの、ここはごちそうさせて」

「でも」

「お誕生日祝い。もうすぐでしょう。夏に生まれた夏美さん」

いつだったか、そんな話をしたことがあったかもしれない。覚えていてくださったんだ。

「……ありがとうございます。ごちそうさまです」

私が頭を下げると、先生はいたずらっぽく笑って小首をかしげた。

「それで、おいくつになられますか」

「四十歳に」

「いいわねぇ、やっとこれから本当に、いろんなことがやれるわよ。楽しみなさい、遊園地は広いのよ」

みづえ先生は私の手をぎゅっと握った。

「お誕生日おめでとう。私と出会ってくれて、ありがとう」

じんわりと、体の隅々まで安らかなもので満たされる。

私がミラで得たものは、仕事のキャリアだけじゃなかったのかもしれない。職場を離れたところで向けてもらえた、こんなにあたたかな想い。

がんばって生まれてきたかいがあったと、私は心から思った。


その夜、珍しく双葉があっさりと寝た。

まだ帰宅しない修二の夕食にラップをかけ、リビングのソファで『月のとびら』を開く。

少し読んでいくうち、「心の中の、2つの『目』」という印象的なタイトルが現れた。私はわくわくと、ページに顔を近づける。

「目に見えない何か」を見るときの、2つの目。

ひとつは、理性的に、論理的に眺める「太陽の目」。物事に明るい光をあて、理解すること。

もうひとつは、感情や直感でそれを捉えて結びついたり、対話したいと願う「月の目」。暗がりの中の妖怪や、密やかな恋みたいな、想像、夢。

この2つの目を、私たちは心の中に持っている……そういうことが、書かれていた。

心惹かれる文章だった。久しぶりにクリアな頭で、本を読み進めていく。神話における太陽と月の関係性。占いやおまじないの捉え方。人間の抱く隠された感情について。美しいブルーに包まれながら、私は夢中でよみふけった。

——私たちは大きなことから小さなことまで

「どんなに努力しても、思いどおりにはできないこと」

に囲まれて生きています。

「思いどおり」という言葉が出てきて、びっくりした。今日、みづえ先生が言っていたのと同じだ。そこに続いて「変容」についても書かれていた。不思議だけど、本を読んでいると時々、こんなふうに現実とのシンクロが起こる。

小町さん、すごいな。どうして私にこの本を教えてくれたんだろう。

そういえば、と思い出し、私はマザーズバッグに手をかけた。内ポケットに小町さんがくれた付録が入ったままだ。

軽い手触りの羊毛フェルトを手のひらに載せてみる。

ピンポン玉ぐらいのその「地球儀」は、他の大陸はざっくりだけれど、日本だけはちゃんとそれらしい形がついていた。細かい作業で大変だったろうに、愛国心かもしれない。

ここに立っている私。

今は夜。これが回転して、朝が来て……。

指でころころと転がしながら、ふと思った。

天動説と地動説。大昔の人は、地球は止まっていて、天体が動いてると思ってたんだよね。本当は、地球のほうがくるくる回ってるのに。

そのとき、心の中で、なにかが小さくはじけた。

…………そうか。

ミラから資料部に異動「させられた」。家事も育児も「やらされている」。自分が中心だって思うから、そういう被害者意識でしか考えられないのかもしれない。どうしてみんな、もっと私にいいように動いてくれないのって。

私はその青い玉をじっと見る。地球は動いているのだ。朝や夜は「来る」ものじゃなくて、「行く」ものなんだ。

今、私は何がしたい？　どこに行きたい？

自分の中の変化に、私は気づいていた。そして、みづえ先生と話して気持ちが固まった。

私は、小説の編集がしたい。

作家のいいところを引き出して、一番いい形で読者に物語を届けたい。

遊園地は広いのよ。みづえ先生の言葉が耳の奥で反芻《はんすう》される。

それは、メリーゴーランドを降りて他のアトラクションに乗ってみたらってことなんじゃないだろうか。ひとつのレールから降りないことばかりが美徳じゃなくて、本当に求めるものに、正直になってもいいんじゃないか。

スマホを手にとり、出版社の採用情報を調べ始める。これまでは雑誌編集の場にこだわって探していた。選択肢はそれしかないと思っていたからだ。

今の私の状況では、スピード重視でチームワークが必須の雑誌編集は難しいだろう。だけど、書籍なら個人で動きが取りやすいかもしれない。文芸編集に方向転換したら、道が開けていくかもしれない。

いくつか検索しているうち、桜桃社《おうとうしゃ》という老舗の出版社がヒットした。純文学に強く、みづえ先生もここから何冊も小説を出している。

そして図ったようなタイミングで、今、中途採用の募集がかかっていた。応募書類はなんと明日までの消印有効だ。ぎりぎり間に合う。

私は胸の高鳴りを抑えながら、エントリー要項を熟読した。なんだか、何か大きなものに応援されてすべてがうまく回り始めた気がした。みづえ先生に今日会えたことも、双葉が早くに眠ってくれたことも。

翌週の土曜日、私はひとりでコミュニティハウスの図書室を訪れた。本の返却日だったからだ。双葉は家で修二に任せてある。

カウンターでのぞみちゃんに本を返し、レファレンスコーナーに目をやる。するとのぞみちゃんが察して言った。

「姫野先生なら今、休憩に出てます。もうすぐ戻りますよ」

「姫野先生？」

のぞみちゃんは「あ」と手で口を押さえる。

「小町さんって、私が小学生のころの養護の先生だったんです。結婚して名字変わったのに、そのときの名残で私は姫野先生って呼んじゃうんですけど」

あの小町さんが、かつては小学校の保健室にいたのか。私はなんだかドラマを見たような気持ちになった。

そこに、小町さんが戻ってきた。ゆさゆさと大きな体を揺らし、私にちろりと目線を投げ無反応で通り過ぎていく。

私は小町さんがカウンターに収まるのを待って、近づいていった。

「先日はありがとうございました。『月のとびら』、すごくいい本でした」

小町さんは表情を変えないまま、「うん」と短く答える。

「でも、急いでざっと読んでしまったところもあるから、買います。この本は欲しいと思って」

私の言葉に、小町さんはちょっとのけぞるようなポーズを取った。

「嬉しいね。読むだけじゃなくて、手元に置いておきたいと思えるような本との懸け橋になれたなら」

「ええ。私も変容しようって思えました。この本のおかげで」

小町さんは、に、と笑った。

「どんな本もそうだけど、書物そのものに力があるというよりは、あなたがそういう読み方をしたっていう、そこに価値があるんだよ」

好意的に言われて嬉しくなり、私は身を乗り出す。

「小町さん、養護の先生だったんですね。転職されたんですね」

「うん。もともと、最初は図書館司書だったの。そのあと学校に入りなおして養護教諭になって。で、司書に戻った感じ」

「どうして転職に次ぐ転職を？」

こきん、と音がした。小町さんが首を傾けたのだ。

「そのときに一番やりたいことを、流れに合わせて一番やれる形で考えていったら、そうなった。自分の意志とは別のところで、状況は刻刻と移りゆくからね。家族関係とか、健康状態とか、職場が倒産したり、いきなり恋に堕ちちゃったり」

「えっ、恋？」

小町さんの口からそんな言葉が出てくることに驚いて、私は思わず訊き返す。小町さんはそっと頭の花かんざしに触れた。

「それが私の人生でもっとも予想外の出来事だったね。こんなのくれる人が現れるなんて、想像もしたことなかった」

つまり、ご主人のことだろうか。そんな素敵すぎる話、ぜひとも聞いてみたかったけどそれはさすがに突っ込みづらい。

「……転職して、よかったですか。変わることに不安はなかったですか」

「同じでいようとしたって変わるし、変わろうとしても同じままのこともあるよ」

小町さんはそう答え、カウンターの端にあったハニードームの箱を引き寄せた。針を取り出すのを見て、私は悟る。レファレンスは終了だ。案の定、小町さんは無表情でちくちくと針を動かし始めた。


コミュニティハウスから帰宅すると、修二に車を出してもらって家族三人でエデンに行った。食材から日用品まで揃う総合スーパーだ。お米やペットボトル飲料など重いものの買い出しと、双葉の肌着やTシャツなんかも揃えたい。

「私、ZAZに寄ってもいい？」

訊ねると修二は双葉とプレイコーナーで待っていると言った。やっぱり、週末に修二がいてくれると助かる。

ＺＡＺはチェーンの眼鏡屋だ。私は裸眼でも日常には支障がないけど、状況に応じて使い捨てコンタクトレンズを使っている。半年前に買ったストックがもうそろそろ切れそうだった。

店内に入り「すみません」と声をかけ、振り向いた男性店員の顔を見て私は目を丸くした。

「……桐山くん！」

あちらも驚いて声を上げる。

「崎谷さんじゃないですか。ええ？　このお近くにお住まいですか」

桐山くんは、私がミラにいたころに時々仕事を依頼していた編集プロダクションで働いていた男の子だ。

「びっくりしたぁ、こんなところで会うなんて」

「僕、編プロ辞めて先月からここで働いてるんです」

心配になるぐらい痩せていた桐山くんは、少し肉づきも顔色も良くなっていた。健康的な笑顔に、なんだかほっとする。

実を言うと、あの編プロ、ものすごい無茶だなとは思っていた。たった一日で、ストリートスナップ十ページ撮影とか、ラーメン屋取材三十件とか。なんでも受けてくれるからこっちも気軽にお願いしてしまうことがあったけど、現場は壮絶だっただろうと想像はつく。

「崎谷さんも、お元気そうですね。お子さん、生まれたんですよね」

「うん。……実は私も転職活動中で」

同志に遭遇した親近感で、つい口がすべる。

「私、これからは雑誌じゃなくて文芸をやりたいの。桜桃社の文芸編集部に応募して、書類審査待ち。そろそろ結果が出るところでドキドキ」

「ああ、崎谷さん、彼方みづえ先生の本で大ヒット出しましたもんね。ピンプラ、僕みたいな男が読んでも面白かったですよ」

そう言われるとがぜん勇気がわく。桐山くんは私のメンバーズカードを手に、一度奥に引っ込んだ。

「すみません。コンタクトレンズ、お急ぎですか？」

少しして出てきた桐山くんが申し訳なさそうに言った。

「このメーカーの、ちょうど欠品してて。すぐ取り寄せてご連絡させていただきます」

なめらかな店員口調だ。先月からというわりには、接客業が板についていた。彼に合っているのだ。

店を出るとき、桐山くんは言った。

「桜桃社、合格するといいですね。やりたいことが決まってるって、それだけで素晴らしいと思いますよ」

「ありがとう」

編プロにいたころから感じのいい子だとは思っていたけど、眼鏡屋の桐山くん、さわやかでカッコいいじゃないの。

変わっていくんだ。私も、人も。それでいいんだ。

私の心はもう桜桃社にあった。そこでこれから、いい本を創っていくんだ――。


しかし、私の元に届いたのはそっけない不採用メールだった。

動揺した。ともかく書類審査は受かると思っていたのだ。ここであっさり落ちるなんて。会ってももらえないなんて。

みづえ先生の本も出している出版社だから、私には多少のアドバンテージがあると思っていた。

……やっぱり、ダメなんだ。

この年齢で、幼い子どもがいて、文芸経験だって売れたとはいえ一冊だ。まぐれ当たりだと思われても仕方ない。中途採用は即戦力がモノをいう。桜桃社ほどの大手なら、私よりもっと実績のある優秀な人材が集まってくるだろう。

そんなの、ちょっと考えればわかることだったのに。

現実を突きつけられて落ち込んでいる中、追い打ちをかけるように、木澤さんがミラの編集長に昇進した。

朝礼で発表があり、みんなの前でコメントする木澤さんはいつもの調子でぶっきらぼうで、顎をツンと突き出していた。

でも、私は見てしまった。拍手の波に、一瞬だけちらっと見せた少女みたいに恥ずかしそうな笑顔。まぶたの端っこが濡れて光っていた。

それを目にしたとき、こびりついていた嫉妬が剝がれ落ちた。木澤さんは木澤さんで、たくさんたくさんがんばって、闘ってきたんだ。この昇進を当然なんて思ってなくて、やっぱりホントはすごく嬉しいんだ。

しんどいことも、悔しい思いもいっぱいあったんだろう。わかっていたはずなのに、軽い気持ちで「いいなあ」なんて言ってしまったことを、私は少し反省した。

メリーゴーランドが止まった。

今の私は、あちら側には行けない。

私は私の、彼女は彼女の。それぞれの景色を見ていけばいい。

ことさら大きく手をたたく私に気づいて、木澤さんがちょっぴり唇を曲げた。


それから二日して、私の誕生日がやってきた。

修二は仕事を調整して、この日ばかりは早く帰ってきてくれた。双葉と三人、ファミレスで夕食をとる。

私が桜桃社を受けたこと、けんもほろろに落ちたことを聞いて、修二は驚いていた。私が長年勤めた万有社を本気で辞めようとしたこと、転職活動が相当厳しいことに。

私の気持ちや状況が、修二には今まであまり理解されてなかったらしいことに気づいて唖然《あぜん》としたけど、私がちゃんと伝えきれていなかったのかもしれない。ぐじぐじと文句を言うばかりで。

話しているうち、予想外に慰められ励まされ、私のほうこそ驚いた。

話しているうち、来週から保育園の朝の送りは修二の担当となった。お迎えは難しいけど、それならできるようにしてみると修二が言ってくれたのだ。月曜日のシーツ替えの仕方も、メモを取りながら大まじめに聞いていた。

「俺、ただ協力してとかもっとやってよって感情的に言われてもわからないんだよ。具体的に論理的に、ちゃんと話してくれると助かる」

なるほど、これも「太陽の目」か。私は胸のうちで納得する。これからは、「月の目」とバランスをとってうまくやっていこう。

幸せだなと思う。私はついあれもこれもと求めてしまうけど、修二なりに家族を想ってくれているのはわかる。

私たちの間には、日に日に表情が豊かになる双葉。

「おめとうー！」と、おぼつかない口調で私に向かってばんざいをするその姿が、たまらなく愛おしい。

この家族だって、一日一日、築いてきたものなのだ。三人で一緒に。

今は、この時間を大事に過ごそう。「流れに合わせて」。小町さんの言葉を借りれば、桜桃社を落ちたということは、編集の仕事からは離れることが私の「流れ」なのかもしれない。

そう思ったら、ぴりりと胸の奥がつれた。私はそれを、食後のお茶をごくんと飲みほしてごまかす。

フリードリンクのハーブティーを淹れなおして席に座ると、テーブルに置いていた私のスマホが振動した。０９０で始まる知らない携帯番号からの電話だ。

私は修二に目配せして席を立ち、店の外で電話に出る。

「ＺＡＺの桐山です」

「ああ」

親しげな声に、私は安堵の息をもらす。夏の夜風が気持ちいい。

「ご注文のコンタクトレンズが届きました。お待たせいたしました」

「取りに行きます。ありがとう」

「と、いうのは表向きの口実なんですが」

「え？」

なんだか電話の向こうがざわざわしている。お店からかけているのではなさそうだった。

そもそも、携帯番号だったし。

桐山くんは一呼吸おいてから言った。

「崎谷さん、桜桃社の結果、出ました?」

「……だめでした」

「そうか、よかった」

「よかった?」

思わず訊き返すと、桐山くんは「あ、いえ、すみません」と苦笑した。

「僕の大学時代の先輩で、メイプル書房の文芸編集部で働いてる女性がいるんですけど」

メイプル書房。絵本や児童書で有名な出版社だ。『はだしのゲロブ』もここから出ている。

「来月、ご主人の海外赴任に同行するので退職が決まっていて、先輩が抜けたぶん中途採用の募集をかけるそうです。でもその前に、もしいい人がいればって話で、それで僕、崎谷さんのこと思い出して」

ドキン、と心臓が大きく震えた。返事もできず握りしめたスマホから、桐山くんの声が流れ込んでくる。

「崎谷さんとメイプル書房、合ってると思うんですよね。桜桃社みたいな純文学一本の老舗もいいけど、メイプル書房は風通しが良くて新しいことどんどんやっていくやわらかさがあるっていうか。崎谷さんがよろしければ、先輩に話して編集長と一度顔合わせの段取り組みますよ」

「でも私、四十だし、二歳の子どももがいて……」

「うん。そのへんも込みで。小さなお子さんがいるって、絵本や児童書を出してるメイプル書房ならプラスに働くと思うんです。実際、先輩もママ社員だったし」

胸の高まりが静まらない。その一方で、自分にとって不利なことばかりが頭をかすめる。

「だって絵本の編集なんてまったく経験ないのよ、私」

「文芸編集部と児童書編集部は別です。大人向けのいい小説も、メイプル書房はたくさん出してますよ」

すぐにタイトルは浮かばないけど、たしかにそうだったかもしれない。それなら……それなら、私も一般文芸を作ることができるんだろうか。

「崎谷さん、ミラにいたとき、ファッションだけじゃなくて女の子の心に寄り添うような企画をたくさん出してたじゃないですか。明日もがんばろうって元気が出るページ。だから僕、ピンプラは崎谷さんが担当だから生まれた小説だと納得したし、文芸編集やりたいって言ってるの聞いて嬉しかったんです」

そんなふうに言われて、救われる想いがした。見ていてくれた、認めてくれていた人がちゃんと近くにいたんだ。喜びを隠せないまま、私は訊ねる。

「桐山くん、どうして私にこんなことまでしてくれるの?」

単純な疑問だった。私は彼にとって友人でもないし、恩があるわけでもない、ちょっとした昔の仕事仲間だ。桐山くんは特に考える様子もなくさらりと答えた。

「どうしてって、この流れに居合わせたからっていうか。だって、世の中におもしろい本が増えたらいいじゃないですか。僕も読みたいです」

私は地面に視線を落とす。サンダルを履いた足が震えていた。

あらためてこちらから連絡すると言って桐山くんの電話を切ったあと、私はふらふらと席に戻り、ハーブティーを一気に飲んだ。

「どうしたの」

修二が訊ねる。私は事の次第を説明した。

「いい話じゃん！」

修二はそう言った。わかっている。でも私は怖気づいている。いい話すぎるのだ。やっと気持ちが安定しかけてきたのに、ここで期待して、もしダメになったら傷が深まる。

「こんなことって、ある？　なんだかできすぎじゃない？　向こうからこんな話がくるなんて」

そう言う私を、修二は真剣な表情でじっと見た。

「それは違うよ。向こうから勝手にやってきたうまい話じゃなくて、夏美が動いたから、周りも動き出したんだ」

はっと顔を上げる。修二はやわらかくほほえんだ。

「自分でつかんだんだろ」

ああ、そうだ。

不採用になった桜桃社。でもあそこを受けようとしなければ、桐山くんに文芸編集をやりたいと伝えることもなかっただろう。私の起こした点が、予想もできない場所につながったんだ。思いつきもしない、嬉しいサプライズ。

アイスクリームを食べ終わった双葉の頭に、修二がぽんと手を置いた。

「じゃあ、ふーちゃんはお父さんと先におうち帰ってような」

「え?」

「本屋に行きたいんだろ、夏美。駅前ならまだ開いてるよ」

双葉がきょとんと私たちふたりを見ている。

「なあ、ふーちゃん。お母さんが、欲しいものがあるのにガマンして、心の中でエンエンって泣いてたらどうする?」

修二に問いかけられ、双葉は小さく「イヤ」と答えた。


修二と双葉と別れ、私は駅ビルに入っている明森《めいしん》書店に足を運んだ。メイプル書房が発行している本を探す。絵本。童話。児童書。そして桐山くんの言ったとおり、ベストセラーになった一般文芸書もたくさん出ていた。

版元をしっかり確認していなくて気づかなかったけど、私が大好きな小説もいくつかあった。あの本も、あの本も。私はすでに、メイプル書房の本を何冊も読んでいたのだ。

夢中で棚を見て、未読の気になる本をいくつか手に取った。『はだしのゲロブ』も買おう。

そして最後にもうひとつ。『月のとびら』を探した。

あの青い本は見当たらなかった。

そのかわり、同じタイトルのものを見つけた。『新装版　月のとびら』とある。

瀟洒《しょうしゃ》な月のイラストが全面に描かれた装丁。下に向かって紺色から黄みがかっていくグラデーション。表紙を開いたところの見返しは闇のような漆黒ではなく、ぱっと明るいカナリヤイエローが広がっている。ページをめくってみると、文章の内容はほぼ同じもののようだった。

リニューアル発売。求められ、愛されている本だという証拠だ。

熱いものがこみあげてくる。本もこうやって、生まれなおすことがあるのだ。どんな人がこれを手にし、何を受け取るのだろう。

ああ、私は本を作りたい。

明日が少し楽しみになるような、自分の知らない気持ちと向き合えるような、そんな本を世に出したい。それは形が変わっても、ミラにいるときと同じ想いだった。

読んでいるあいだ夜空を美しく漂うようだった『月のとびら』は、中身は同じままにデザインが一新され、今度は月あかりに照らされているみたいだった。

偶数ページの右上には、月が満ちたり欠けたりしていくマークが描かれている。下にあったのが上に移動したのだ。同じマークなのに、それは空から何かを知らせるような印象に変わった。

私も変わる。同じでいようとしても。

そして志は同じままだ。どれだけ変わろうとしても――――。

＊＊＊

子供にサンタクロースの夢を見せてやろうとする親のすべてが、自分の心の中に真実のサンタクロースを住まわせています。だからこそ、子供の多くが、そりに乗ったサンタクロースが「実在する」と感じます。

冬の陽だまりの中、本の続きを読んでいると、電話が鳴った。私は受話器を取る。

「はい、メイプル書房文芸編集部でございます」

あのあとすぐ、桐山くんがセッティングしてくれた顔合わせで、編集長にふたつのことを聞かれた。

みづえ先生とどんなふうに作品を手掛けたか。そして、これからどんなふうに本を作りたいか。私の熱弁に、編集長はしっかりと耳を傾けてくれ、何度もうなずいていた。

ミラで生まれたもの、異動になってから新たに考えたことが、次の自分を助けてくれた。ここにたどりつくまでに必要なことすべてが、万有社にあったのだ。

これまで経験してきたことには、みんな意味があるように思えた。万有社への感謝も、がんばってきた自分の肯定も、今の私をしっかり立たせてくれる。

受けた電話の相手にお待ちくださいと伝え、保留ボタンを押す。

「今江さん、渡橋先生からお電話です」

向かいの席の先輩社員、今江さんに電話をつなぐ。今江さんが担当している作家さんと電話で話している隣で、丸椅子に座った小学一年生のミホちゃんが絵本を開いていた。

ミホちゃんは今江さんのお嬢さんだ。インフルエンザの流行で、突如、今日から学級閉鎖になってしまったのだという。

そこに児童書編集部の編集長、岸川さんがやってくる。ミホちゃんに気づくと、腰をかがめて優しく訊ねた。

「どう？　この本、おもしろいかな」

メイプル書房が出している絵本のシリーズ第二弾だ。小人がいろいろな穴にもぐりこむお話。ミホちゃんは元気よく答えた。

「うん、おもしろい。この犬の背中の茶色いブチが、ハンバーグみたいで好き」

「へえ！　それは思いつかなかったな。ハンバーグかあ」

近くを通りかかる社員も、ミホちゃんを見て微笑んでいく。

親愛なる大切な読者さんたち。ここでは子連れ出社はウェルカムだ。育休中に赤ちゃん連れで遊びに来る社員がいると、みんな群がったり、社長が赤ちゃんを抱っこしたりしていて、はじめのうちは衝撃だった。

岸川さんが私のところまで来て、カラーコピーのイラストを渡してくる。

「崎谷さん、この絵、どっちが好きか双葉ちゃんに聞いてみてくれない？」

新しく企画している幼児向け絵本のラフだ。

「はい、喜んで」

「いつもありがとうね」

これまで仕事上ではネックだと思っていた子どもの存在が、ここでは受け入れられ、むしろ役に立てるのだということが私を安らかで強い気持ちにさせる。

自分には足りないとか、あるいは余分だと思いこんでいたことも、環境が変われば真逆にだってなりうるのだ。この地球の上で、同じものでも国や季節が異なれば捉えられ方がさかさまにさえなるように。

岸川さんが去っていくと、私はふたたび本に目を落とした。

親たちの教えるサンタクロースは、けっして「嘘」ではなく、もっと大きな「本当」です。

私たちの中にある「太陽の目」と「月の目」は、そんなふうに協力しながら、どちらをも否定せずに世界を受けとることができるのです。


『新装版　月のとびら』のそのページは、暗記するほど読んでいる。この行には、線を引いた。繰り返し繰り返し、心に刻むために。

メイプル書房に入って、私は実感した。

小説を書くときや読むときに使われるのは「月の目」。そしてそれを形にして世に出すときは「太陽の目」だ。

両方必要な、2つの目。どちらもしっかり開いていく。お互い協力しながら、どちらも否定せずに。

私は本を閉じ、デスク上のブックエンドにそっと立てた。

代わりに、薄い冊子を取り出す。先月出会った短編小説だ。

見つけた、と思った。どうしてもどうしても、この作家さんと一緒に仕事がしたい。コンタクトを取るために、私はあらゆる情報網を駆使してメールアドレスを入手した。

呼吸を整え、パソコンに向かう。

ゆっくりとメールを打っていく。私はこれからあなたと、新しいとびらを開きたいのです。そんな気持ちをこめて。


地球はまわる。

太陽に照らされ、月を見つめる。

地に足を着け、空をあおぎ、変わりながら進んでいこう。

開いたページの向こうにいる誰かに、もっと大きな「本当」を届けるために。

四章　浩弥　三十歳　ニート

小学生だった俺といつも一緒に遊んでいたあいつらは、いつもたくさんのことを教えてくれた。

時に彼らは人間ではなく、そこは地球でもなく、はるか昔だったり遠い未来だったり、異次元だったりもした。

俺にとってクラスメイトよりもずっと身近な存在だったあの大勢の友達は、年を取らない。相変わらずかっこよくて面白くて、根性があって優しくて。不思議な力を持っていたり、悪と勇敢に戦ったり、学園一の美人に告白されたりして、俺が何度会いに行っても期待通りに感動させてくれる。

なのにどうしてだろう。俺の周りだけどんどん時間が過ぎていく。ずっと年上だった奴のことも追い越して、俺は三十歳になってしまった。何者にもなれずに。

すごく大きな大根があったのよ。

母さんが、食卓の上でエコバッグから野菜を取り出しながら何度もそう言う。

「三浦大根っていうの。今、二月で旬でしょ。もう本当に大きいの」

じゃがいも、にんじん、りんご。どれもでかい。

「欲しかったんだけど、これ以上、持って帰るの重くてあきらめた」

白菜も出てきた。

「もう一回、行ってこようかなぁ。でも、また来たのかって思われるの恥ずかしいし、このあとパートだし」

独り言ともとれるけど、ソファでテレビを眺めている俺に言っているのはわかる。

近所の小学校に、コミュニティハウスという建物が併設されているらしい。このアパートに引っ越してきたのは俺が中学生になってからで、そこに行ったことはなかった。

習い事やら講座やらもやっているようで、母さんはたまにフラワーアレンジメント教室に参加している。

今日は三カ月に一度の「コミハ・マルシェ」という即売会が開かれているのだ。農家から直送された野菜や果物が売られているという。

「浩弥《ひろや》、行ってきてくれない？」

「…………うん」

俺はリモコンをテレビに向け、電源を切った。なんの予定もない金曜日の午後。同じことばっかり大げさに繰り返すワイドショーなんて、どうせ見ていなかった。

「助かるなあ」

母さんは目を細めた。

俺にだって、三十にもなって就職もせず家でぷらぷらしていることに罪悪感はある。母さんのわざとらしい誘導にせめて乗っかって、大根ぐらい買ってきてもいい。

俺が立ち上がると、母さんは折り畳んだエコバッグをずいっとこちらに向けてきた。

「大根と、里芋。バナナもね！」

……増えてんじゃんよ。

ジャンパーのポケットに花柄のエコバッグと財布を突っ込み、俺は玄関に向かった。


小学校に着くと、正門は閉まっていた。コミュニティハウスへの入り口は他にあるようだった。案内板を見て回りこみ、白い建物にたどりつく。

ガラスのドアを押して入ると、受付カウンターがある。その奥は事務室になっていて、見事な白髪のおじさんがデスクに向かっているのが見えた。

俺が入っていくと、おじさんが窓口に出てきて「ここに名前と利用目的書いてね。あと時間も」と言った。狭いカウンターの上に、入館表と書かれた紙がバインダーに挟まっている。俺の前には母さんを含めた何人かの名前があって、ほとんどが「マルシェ」だったので俺もそれに倣った。菅田《すだ》浩弥。

ロビーはさほど広くなく、寄せ集めたテーブルの上で即売会が行われていた。野菜、果物、パン。客はまばらだった。俺は頼まれた野菜をてきとうに手に取った。

隅っこでおばさんがふたり、くっちゃべっている。ひとりは農協のトレーナーを着ていて、もうひとりは頭に赤いバンダナをしていた。ホワイトボードにお会計という字が見えるから、そこで代金を支払うのだろう。大根と里芋とバナナを抱え、おばさんのところに持っていく。

台の上にどさりと野菜を置き、財布を取り出してから俺は思わず声を上げた。

「……モンガー！」

おばさんたちが俺を見る。

「いらっしゃいませ」と手書きされた紙プレートの隣に、五センチぐらいのちっちゃなぬいぐるみが置いてあったのだ。

モンガー。藤子不二雄の漫画『21エモン』に出てくるキャラクターだ。丸っこくて、頭のてっぺんが栗みたいにとがってて、くるんとしたうずまきがついてて。

手を伸ばしかけた俺に、バンダナのおばさんが「あ、ごめんね。それは売り物じゃないの」と言った。

「さゆりちゃんの羊毛フェルト。あたしが図書室で本を借りたときにもらったの」

「さゆりちゃん？」

「図書室にいるよ、それ作った小町さゆりちゃん」

藤子不二雄といえば『ドラえもん』だ。他にも有名な作品はいっぱいあるけど、その中において『21エモン』は大々的に注目されることは少ない。未来の世界を描いたSF作品で、エモンはおんぼろホテルの跡取り息子だ。俺はこれが一番の名作だと思うのに。

俺はすっかり感激してしまい、これを作ったという小町さゆりちゃんがどんな女の子なのか知りたくなった。話さなくてもいい。顔だけでも見てみたい。

俺はエコバッグの中に里芋とバナナを押し込み、でかすぎて入りきらない大根を小脇に抱え、おばさんに教えてもらった図書室へと向かった。


一番奥にある図書室はすぐわかった。

入口からのぞくと、手前のカウンターにポニーテールの女の子がいた。高く積まれた本のバーコードを、ひとつひとつていねいに打っている。

この子か、小町さゆりちゃん！

思っていた以上に若い。まだ十代なんじゃないだろうか。

小柄で、黒目がちな瞳がくりくりしている。なんだかリスみたいだ。名前にぴったりの愛らしさに、思わずにやけてしまった。

図書室っていうからには、タダだよな。誰でも入っていいんだよな。

そっと体を半身入れると、さゆりちゃんはパッとこちらを見た。ドキリとして足が止まる。

「こんにちは」

明るい笑顔。俺はどぎまぎと「あ、ども」と返事をし、そのまま図書室に入っていった。新刊を扱う書店とは違う、時間の澱が積もったような空気。区立図書館よりもコンパクトなスペース。本棚に囲まれたそこに身を置くと、なつかしさがこみあげてきた。

俺はぐるりと中を見回す。そして思い切って、さゆりちゃんに話しかけた。

「あの……漫画、ありますか」

さゆりちゃんはにこっと答える。

「ありますよ。少しですけど」

女の子と久しぶりにしゃべった。優しい受け答えが嬉しくて、俺はちょっとずうずうしくなる。

「21エモン、好きなんですか」

「21エモン?」

「藤子不二雄の」

さゆりちゃんはちょっと困ったように「ドラえもんなら知ってるけど……」と笑った。

あまりにもよくあるこの反応に俺はびっくりして悲しくなって、あわてて訊ねた。

「だってほら、マルシェにいるおばさんに、モンガー作ってあげたんでしょう」

ああ、とさゆりちゃんはうなずく。

「室井《むろい》さんが大事にしているマスコットですね。作ったのは司書の小町さんです。奥のレファレンスコーナーにいますよ。漫画のお薦めも教えてくれると思います」

からん、と胸の奥で新たなベルが鳴る。そうか、彼女のほかにもスタッフがいたんだ。積まれた本で気づかなかったけど、よく見れば、ポニーテールの子は「森永のぞみ」と書かれたネームホルダーを首から提げていた。

俺は期待を胸に、奥に入っていった。掲示板にもなっている仕切りの向こうが、レファレンスコーナーらしい。

仕切りをのぞきこみ、俺は心臓が飛び出そうなほどびっくりした。

ひい、と悲鳴が出そうなのをこらえ、くるっと踵を返す。

「小町さゆりちゃん」らしき女の子はそこにはおらず、おっかない表情のばかでかいおばさんがカウンターの中できつきつになって身を沈めているだけだった。

俺はカウンターに戻ってのぞみちゃんに言った。

「あの、早乙女玄馬《さおとめげんま》のパンダみたいな人しかいないんだけど」

「……誰ですか、それ」

「『らんま1／2』だよ、水をかぶるとパンダになる……」

「人間がパンダになっちゃうんですか？　えー、かわいい」

いや、そのパンダ、やたら大きくて不愛想でかなりこわもてだから。そう思いつつ、俺は説明するのももどかしく訊ねる。

「あそこにいるのが、小町さん？　ぬいぐるみ作ったりする？」

「そうですよ。手先がすごく器用なんです」

……そうか。そうなのか。

てっきり若い女の子だと思い込んでいたから驚いたけど、あの早乙女玄馬がモンガーを作ったとなると、それはそれで別の興味がわく。案外、話せる人かもしれない。

「お荷物預かりますよ。行ってらしてください」

のぞみちゃんが手を差し出した。その笑顔を拒めず、俺はエコバッグと大根を渡す。

そしてもう一度、レファレンスコーナーに向かった。あらためて見ると、たしかに胸元に「小町さゆり」のネームホルダーがあった。小町さんは一心不乱に手を動かしている。

近づいてのぞきこむと、やはり、小さなぬいぐるみらしきものを作っているようだった。四角いスポンジの上で、丸めた毛玉に細い針をぐさぐさ刺し続けている。それって、作り方合ってるのか？

小町さんがふと手を止め、俺を見た。目が合ってギクリとする。

「何をお探し？」

しゃべった。

なんの不思議もないけど、パンダになった早乙女玄馬はしゃべれないのでハッとした。

何をお探し？　深みのある低い声で訊ねられ、真っ先に頭の中に浮かんだ言葉に自分でびっくりした。そのことに不意を突かれて、涙がぽろっと出る。

俺が探してるのは……ああ、そうなんだ、探してるのは。

やべぇ、と手のひらで頬をこする。何泣いてんだ。

小町さんは表情ひとつ変えず、ふたたび手元に視線を落として針を動かし始めた。

「高橋留美子はいいよね」

「……え」

『らんま1／2』の作者だ。小声で言ったつもりだったけど聞こえてたのか。早乙女玄馬なんて言っちゃって、気を悪くしたかもしれない。

『うる星やつら』も『めぞん一刻』もいいけどさ。私はなんといっても、人魚シリーズが好きだね」

「俺も！　俺もです！」

それからしばらくの間、俺と小町さんは好きな漫画の話をした。楳図かずおの『漂流教室』、浦沢直樹の『MASTERキートン』、山岸涼子の『日《ひ》出処《いづるところ》の天子』……。いくらでも出た。

俺がどんなタイトルを挙げても、小町さんにはちゃんと通じた。彼女は決してペラペラと饒舌ではなかったけど、手元ではぬいぐるみを作りながら少ない言葉でぴしりと的を射たコメントをくれて、俺はおおいに感動した。

小町さんは手元にあったオレンジ色の箱をひらいた。呉宮堂という洋菓子メーカーの、六角形の模様と白い花が描かれたそのパッケージは、誰でも知ってるハニードーム。親戚の集まりなんかでよく目にするやわらかいクッキーだ。昔、ばあちゃんが「食べやすくておいしいんだよ」と絶賛していたっけ。

ハニードームをくれるのかと思ったら、箱の中には手芸道具が入っていた。空き箱再利用か。小町さんは針刺しに針をおさめると蓋を閉じ、俺を見た。

「若いのに古い作品をよく知ってるね」

「……おじさんが漫画喫茶やってて。小学生の頃、よく行ってたんです」

漫画喫茶といっても、今みたいなネットカフェではない。名前のとおり「漫画がたくさん置いてある喫茶店」だった。当時はそんな店がまだいくつもあった。個室にはなっておらず、ふつうにテーブルについて飲み物を頼み、好きなだけ漫画を読むのだ。

小学二年生のときに母さんが外で働くようになって、俺は学校から帰ると自転車で二十分かけて母さんの弟夫婦が経営する「漫画喫茶キタミ」に足を運んだ。おじさんもおばさんも、俺からは代金は取らず（たぶん母さんが後から支払っていたんだと思う）ジュースを出してくれ、好きなようにいさせてくれた。俺は本棚にぎっしり詰まった漫画を読みふけり、母さんが帰ってくる時間になるまでそこで過ごした。

そこで出会ったのだ。数々の漫画に出てくる「友達」に。

真似して描いているうち、絵が大好きになった。それでイラストの勉強をしたいと思って、高校卒業後はデザイン学校に通った。

でも、就職でつまずいた。俺のやりたかったようなイラストの仕事には到底就けなくて、だからといって違う職種の会社をどう選べばいいのかわからなかった。取柄のない俺でも絵を描くことなら少しはマシだと思っていたのに、それが仕事にできないなら他のことなんてもっとできない、できるわけない。

就職はうまくいかず、バイトをしても続かず、今現在、ニートの状態が続いている。

「漫画家ってホントにすごいですよね。俺も、絵を描くの楽しいなあって思って専門学校にも行ったんですけど。イラストを仕事にするなんて、俺には無理だってわかって」

無職の理由としてはあまりにもお粗末な自己弁護を、ここでしている。小町さんは首をこきんと鳴らしながら傾けた。

「無理だって、どうしてそう思う？」

「だって、実際に絵で食えるのなんてほんの一握りでしょ。絵だけじゃなくて、好きなことを仕事にすることができる人なんて、百人にひとりもいないんじゃないですか」

小町さんはぐるりと首を回し、人差し指を立てた。

「算数のお勉強です」

「は」

「百人につきひとり、と考えると、百分の一で、一パーセントだな」

「うん」

「でも、自分のやりたいことをやるのは自分なんだから、自分につきひとり。となれば、一分の一で、百パーセント」

「ん?」

「百パーセントの可能性がある」

「……えっと」

その計算、なんか騙されてないか。小町さんは変わらず仏頂面で、冗談を言っているようにも見えない。

「さて、と」

小町さんはすっと姿勢を正し、パソコンの前に向かった。

そして、突然、たたたたたたたたっとハイスピードでキーボードを打ち始めた。その姿を見て俺は、条件反射的に「ケンシロウかよ!」とツッコミを入れてしまった。『北斗《ほくと》の拳《けん》』の北斗百《ほくとひゃく》裂拳《れつけん》という技だ。猛烈な速さで敵の秘孔《ひこう》を突く神技。それには答えず、勢いよく最後の一打ちをすませた小町さんは、印字された紙を一枚よこした。

「おまえは今、生きている」

小町さんはドスの利いた声でつぶやいた。

真顔なのでちょっとこわかった。でももちろん、それはケンシロウが言う決めゼリフの「おまえはもう、死んでいる」のパロディだとわかっている。

紙には一行だけ、本のタイトルと著者名、棚番号が書かれていた。

『ビジュアル　進化の記録　ダーウィンたちの見た世界』

「……え。なんですか、これ。こういう漫画？」

「あなたにレファレンスできる漫画は、私にはないと見た。子ども時代に読んだ漫画という財宝を、超えられそうにないからね」

そう言いながら小町さんは、カウンター下の引き出しを開ける。四段目からごそごそと何か取り出したかと思うと、俺の手に何かつかませた。やわらかな感触。まさか、モンガー？

そう期待したけど、違った。それは小さな飛行機だった。グレーのボディに白い翼。緑色の尾がオシャレだ。

「どうぞ。本の付録だよ。あなたにはそれ」

感情のないトーン。俺が戸惑っていると、小町さんはハニードームの箱を開けた。ぶすっとした顔で、ぬいぐるみ作りの続きを始める。さっき話を聞いてくれたときとは違い、シャッターが下りたような空気が醸し出されていた。

俺は仕方なく、その紙を持って本棚を探した。レファレンスコーナーからすぐ近くの「自然科学」のコーナーにあったそれは、図鑑みたいに大きくてずっしりした本だった。

黒一面のバックに、シルバーがかった鳥の写真。横を向いた首から上のショットだ。硬そうなくちばしは先が細く曲がり、大きな瞳にはふさふさした睫毛《まつげ》が生えていた。性別はわからないけど、エキゾチックな美女っぽいモデル顔だ。手塚治虫の『火の鳥』みたいな。

タイトルは白で書かれていた。『進化の記録』という大きな文字の下に、『ダーウィンたちの見た世界』と副題がついている。

ダーウィンたち？

俺はその場にしゃがみこみ、本を開いた。とても立ち読みできる重さではなかったからだ。

前半に長い文章のページがあり、あとは豪華な写真集のようだった。鳥、爬虫類、植物、昆虫……。カラフルで見事な構図の写真たちは、どれもまるでアート作品みたいだ。時折、写真に関する解説文やコラムが挟まれている。

小町さんがなんで俺にこの本を薦めたのかは謎だったけど、その写真たちはたしかに魅力的だった。色鮮やかで、不気味で怪しくて、とても心惹かれた。実際に存在するものたちのはずなのに、まるでファンタジーの世界みたいだった。

本を返却に来たのぞみちゃんが、近くを通りかかる。

「貸出カード、作りましょうか。区の方なら借りられますよ」

「あ、いや……でも。借りていくには重いし。今日、大根とかあるし」

ぐずぐず言っていると、背後から小町さんの声が飛んできた。

「読みに来れば？」

振り返ると、小町さんが俺を見ている。

「貸出中の札つけて預かっておくよ。だからいつでも、ここに読みに来れば？」

俺はしゃがんだまま小町さんを見つめた。声が出なかった。小町さんの言葉に、また泣きそうになった。

いいようもない喜びが、安堵が、湧き出していた。俺、ここにいていいんだ。

「隅々まで読むと、けっこうかかるよ」

小町さんはそう言うと、ニッと唇を横に伸ばすようにして笑った。俺はほとんど無意識のうちに、うなずいていた。


翌日の土曜日、久しぶりに電車に乗った。

高校三年生のときの同窓会があったからだ。いつもだったら絶対に参加しない類のイベントだけど、今回ばかりは行かなくてはいけない理由があった。

卒業式の日、校庭の隅にタイムカプセルを埋めたのだ。ハガキサイズの紙に好きなことを書いて。それを「三十歳の同窓会で開けよう」ということになっていた。

案内状には「欠席の方の分は、幹事が後日郵送します」と書いてあって、背中がひょうっと冷たくなった。封筒に入れて糊付けしてあればよかったけど、たしか四つ折りにして、見えるところに名前を書いただけだったはずだ。

なんとしても、誰にも見られないように回収しなくてはならない。

タイムカプセルを開いたあとは、夕方からレストランで会食が予定されている。俺はそちらは欠席にして返事を出した。

十八歳だったあのころのきっと誰にとっても、三十歳の自分なんてとんでもなく大人だった。いろんな悩みも、三十にもなれば解決しているような気がしていた。

俺もデザイン学校にこれから通うという時期で、単純に嬉しかった。もう一生、苦手な数学も体育もやらなくていい、絵だけ描いていればいい。そしてそのあとはイラストの仕事をしていく道筋が用意されているような錯覚に陥っていた。

「歴史に名を残すようなイラストレーターになる」

俺はたしか、そう書いた。思い出すだけで眉間のあたりが熱くなってくる。

自分の技量に自信があったわけじゃないし、そこまで本気じゃなかった。若気の至りというか、勢いというか、ノリだ。でも歴史に名を残すほどではないにせよ、絵を描く環境に身を置いてさえいれば、なんとか近い仕事には就けると思っていた。

卒業以来、十二年ぶりにくぐった校門。

校庭の隅の、大きなブナの樹のところに、もうすでにたくさん人が集まっていた。根元近くに「第十七回生　タイムカプセル」と書かれたプラスチックの板が墓標のようにささっている。

幹事の杉村が、大きなシャベルを持って立っていた。元クラス委員だったヤツだ。高級そうなダウンジャケットの下に、ぱりっとしたシャツがのぞいている。

俺が近づいていくと、数人が顔を上げ、軽く会釈したり手を振ったりしてくれた。でもそれだけだ。みんなすぐに、そばにいた面々としゃべり続ける。誰も俺のことを覚えていないのかもしれない。

樹の下でなりゆきを見守っていると、名前を呼ばれた。

「浩弥」

振り返ると、背の低い痩せた男がいた。征太郎《せいたろう》だ。とりたてて仲が良かったというわけでもないけど、俺にしては話すほうだったかもしれない。おとなしくて、本ばっかり読んでいて、誰かとつるむようなタイプではなかった。高校を卒業してからは何度か年賀状のやりとりだけあって、大学卒業後、水道局に勤めていると書いてあった。

征太郎は友好的な笑みを見せる。

「元気そうだね」

「征太郎も」

今何してるのと聞かれたくなくて、俺はうつむく。

そこに二人組の男がやってきた。ひとりは西野という名前だった。もうひとりは思い出せない。クラスで一番、騒がしかった男だ。こいつとまともにしゃべった記憶はない。

「あ、征太郎じゃん」

西野がにやにやと寄ってくる。俺にもちらっと目線をよこしたけど、特に話しかけてくる様子はない。俺も顔をそらす。

「はーい、では皆さん、揃ったようなのでいよいよ始めます！」

杉村が声を張り上げる。一同、わっと距離を縮めた。

みんなが固唾を呑んで見守る中、土が掘り起こされ、ほどなくしてかつんと音がした。シャベルの先が缶にあたったのだ。

杉村が軍手をはめた手でかき分ける。ビニール袋に入った鈍い銀色が見えた。土の中からそれが取り出されると、大きな歓声が沸き起こった。

ビニール袋から出てきたのは、ガムテープで封をされた煎餅《せんべい》の缶。十二年間、地中で眠っていたみんなのメッセージだった。

杉村は慎重にガムテープをはがし、蓋を開けた。少し黄ばんだ紙が、いろんな形に折りたたまれて詰まっている。

ひとりひとり名前が呼ばれ、それぞれ手を伸ばす。開いて笑いだす者、見せ合ってはしゃぐ者、大声で読み上げる者。みんな楽しそうだ。

将来の夢とか、好きな異性への告白とか、言えなかった愚痴とか、そういうことが書いてあるらしい。

賑やかな誰もかれもに、自信が見える気がした。三十歳。もういろんなことが決まって、落ち着いて、それぞれに仕事や家庭を持って。あたりまえだけどここにはもう、高校生はひとりもいなかった。制服を脱ぎ、なんらかの形に進化した大人がそこにあふれている。

ようやく俺の名前が呼ばれ、杉村から紙を受け取ると、俺は開かずにジャンパーのポケットに入れた。よし、これでもう、用事は済んだ。ほっとして息をつく。

次に呼ばれたのは征太郎だった。自分の紙を、征太郎は大切そうにそっと開く。

「おーお、大先生ですか！」

征太郎の後ろから首を伸ばした西野が言った。征太郎の手元で開かれた紙には、中央にていねいな字で「作家になる」とだけ書いてあった。西野がからかうように言う。

「そういや高校のときも文芸誌に応募してたよな。まだ小説とか書いてんの？」

征太郎はさらりと、書いてるよ、と答えた。

「えっ、デビューしたんだっけ」

西野のそれは、あきらかにそうは思っていない口調だ。もうひとりの名前が思い出せないヤツが「なに？　本出してるの？」と顔を突き出してくる。

「まだだけど。でも、ずっと書いてるよ」

征太郎は微笑んで答える。西野は歯をむき出して笑った。

「へえ、すっげえ。この年になっても夢追い続けてんの」

俺はむかっ腹が立って、キッと西野をにらみつけた。

「いいかげんにしろよ！　小ばかにした言い方しやがって、征太郎に謝れよ。征太郎の小説、めちゃくちゃ面白いぞ。俺は好きだぞ。おまえ、知ってんのかよ？　えらそうに、いったい何様なんだよ？　一生懸命にがんばってるやつを笑うなんて最低だ、ふざけんな！」

……………と、心の中で思い切り叫ぶ。

西野ともうひとりは俺がにらんでいることにさえ気づかず、近くにいた女子三人組と合流して盛り上がり出した。

高校のとき、征太郎の小説を読ませてもらったことがあった。休み時間に絵を描いてる俺のところにそっと来て、すごいなあって感心したように言ったあと、「僕の小説、読んでもらってもいいかな」とノートを差し出してきたのだ。正直、内容ははっきり覚えていないけど、手書きで綴られたその小説にすごく感動したのを覚えている。

「……俺、帰るわ」

俺が歩き出すと、征太郎が追いかけてきた。

「待って、一緒に帰ろう」

細っこい征太郎。何もかもが華奢だ。首も指も髪も。

「もういいのか。会食のほうは」

征太郎はこくんとうなずく。

「僕も、そっちは欠席にしてたから」

わいわいとうごめく集団を後にして、ふたりで校門を出る。俺たちはまったく気に留められていない。

駅までの道をたわいもない話をしながら歩いた。ブナの樹、大きくなってたねとか、今年は暖冬だねとか。そしてミスタードーナツの前を通りかかったとき、征太郎が意を決したように言った。

「ねえ、コーヒーでも飲んでいかない？」

征太郎が恥ずかしそうに笑うので、なんだか俺のほうも照れてしまい、そっぽを向いたまま「おぅ」とうなずく。ふたりでぎくしゃくしながら店に入り、飲み物だけ注文してテーブル席についた。

「浩弥は、絵うまかったよね。デザイン学校行ったんだよね」

向かい合った征太郎が言う。

「……うん、でもぜんぜんダメだった。俺の絵って、一般受けしないんだって。デザイン学校でも、グロくてマニアックすぎるってよく言われた」

「えー？　僕の小説は普通すぎるってよく言われるよ。薄味で刺激がないって。新人賞と名のつくものにはずいぶん応募してきたけど、たまに選評なんかくれるところからは必ずそんな感じのこと指摘される」

征太郎はなんだか楽しそうに笑い、カフェオレを飲んだ。俺は敬意を覚える。

「小説、あの頃から書き続けてるんだな。すごいな」

「夜と土日に集中して書いてる。平日の昼は仕事だから」

そういうことだよ、と俺は思う。

やりたいこととは違う職種でもちゃんと就職して、生活費を稼いで、なおかつ夢をかなえるためにがんばってる。社会人の面でも夢追い人の面でも心から尊敬する、征太郎。

「水道局なら、安泰だよな」

我ながら陳腐な意見だと思いつつ、そう口にすると、征太郎は両手でカップを包むようにして言った。

「絶対安泰な仕事って、何がある？」

「そりゃ、征太郎みたいに公務員とか、大企業とか」

征太郎はそっと首を横に振った。

「ないよ。絶対安泰で大丈夫なんて仕事、ひとつもない。みんな、危ういバランスでやっと成り立ってるんだと思うよ」

やわらかな表情だけど、声は真剣だった。

「絶対大丈夫なことなんかないかわりに、絶対ダメって言いきれることもたぶんないんだ。そんなの、誰にもわからないんだ」

征太郎はそうつぶやき、ぎゅっと唇を噛んだ。だからどうしても自分がやりたいことを貫きたいのだと、征太郎がそう思っているのが伝わってきた。

西野のあの物言いを思い出す。再び腹が立ってきて、俺は拳を握った。

「征太郎。おまえ絶対作家になって、西野のこと見返してやれよ」

征太郎は静かに笑い、また首を横に振った。

「今、僕のこと笑ってる人は、僕がこれからどんな状況になったって笑うよ。小さなほころびを探してね。いいんだ、僕の小説を読んでもいない人からどう思われたって」

カフェオレをごくんと飲み、征太郎は俺をじっと見た。

「見返してやりたいとか、悔しさをバネにとか、そういうのは僕、ないんだ。僕を動かしてくれてるのはもっと別のことだよ」

目の奥が光っている。征太郎はおとなしいけど、芯が強い。こんな細っこい体の中に、自分を動かす何かを持っている征太郎が、少しうらやましかった。

俺は言葉を選びながら、慎重に訊ねる。

「…………征太郎は、自分の小説が認められないまま年をとっていくことに、不安になったりしないのか」

うーん、と征太郎は斜め上に視線を向ける。ちょっと考え事をするように。

「なくもないけど、村上春樹がデビューしたのは三十歳だ。二十代はそれをずっと励みにしてた」

「へえ」

「でも、それも過ぎちゃいそうだからあわてて次を探した。浅田次郎がデビューしたのは四十歳だ」

「おー、十年の猶予ができた」

俺が言うと征太郎はすなおに笑った。

「それも過ぎちゃったとしても、その先だってまだまだいる。作家デビューに年齢制限なんてないだろ。きっとその人にとって一番いいタイミングがあるんだ」

征太郎の頬が紅潮している。

ラインのＩＤ交換しようよ、と言われて、俺は初めてラインアプリをインストールした。


翌日俺は、小町さんが言ってくれたとおりに、コミュニティハウスの図書室に足を運んだ。

図書室はすいていた。たまにふらっと年配の利用者が入ってくる程度で、ずっと静かだ。

俺が行くと、小町さんが何も言わず『進化の記録』をカウンターに置いた。本には輪ゴムがかかっていて、「貸出中」と書かれた紙が挟まっている。好きなときに見ろということらしい。俺はちょっと会釈して本を受け取り、貸出カウンターの前にある閲覧テーブルに座ってそれを開く。

序文の最初のページで「自然淘汰《しぜんとうた》」という言葉が目に飛び込んできて、どきりとした。

学校で習った。環境に適応できる者は生き残り、そうでない者は自然に滅びていく……

そういう説だ。そしてある一文に、なんともせつない気持ちになる。

「――好ましい変異は保存され、好ましくない変異は消滅させられる。」

好ましい、好ましくない。

それは誰にとってなんだろう。

ざわついた気分のまま読み進めていくと、「ウォレス」という見慣れない名前が登場した。

ページをめくりながら、本と目がどんどん近くなる。

進化論といえばダーウィンだ。『種の起源』を書いたチャールズ・ダーウィン。でもその陰に、もうひとりいたのだ。アルフレッド・ラッセル・ウォレス。ダーウィンより十四歳年下の自然史学者が。

ふたりとも甲虫好きの熱心な研究者だったのは同じだ。でもそれぞれの状況も個性もまるで違っていた。

財産持ちのダーウィン、経済的に困窮《こんきゅう》していたウォレス。それぞれ独自に、自然淘汰による進化理論にたどり着いたふたり。

しかし当時は聖書の「創造説」が完全に信じられていた。この世界の成り立ちはすべて神の手によるものであり、それに異論を唱える者は激しく糾弾された。

ダーウィンは公表することに怯えていたが、ウォレスはためらうことなく論文を書いた。

そこでダーウィンは焦ったのだ。

「自分が長年にわたって温めてきた理論の優先権のすべてを失いたくないなら、ついに公表するしかない。ダーウィンは覚悟を決めた。」

それまで躊躇していたダーウィンは、急いで『種の起源』の出版に踏み切った。そしてこの本と彼の名は今もなお、誰もが知るところとなる。

もやもやしながら活字を目で追い、ダーウィンについてウォレスが「私たちはよき友人でした」と語っているという一文を読んで俺は頭を振った。

……それでいいのかよ、ウォレス。

先に発表に挑んだのはウォレスなのだ。なのに結果としてダーウィンばかりが大きく歴史に名を残すなんて、納得がいかない。

デザイン学校にいるときも、こういうことがたまにあった。俺の描いた絵をちらっと見て、構図とかパーツとか、真似してくるやつがいたのだ。画力はそいつのほうが圧倒的に優っていて、評価は高かった。パクんなよ、俺のほうが先に考えたアイディアなのに。悶々としながらも、一度も口にはできなかった。そいつに「俺だって同じこと考えてたんだ」と言われたらそれまでだからだ。結局、世に認められたほうの勝ちなのだと思った。

俺は大きく息をつき、次のページをめくった。

一面に、鳥の化石の写真だった。解説を探して読むと、それは白亜紀の孔子鳥《こうしちょう》らしい。両翼をだらんと開き、寝そべっているように見える。くちばしは半開きだ。完全な姿で残っている見事な骨を見ていたら、突然ムラッと、これを描きたいという衝動にかられた。久しぶりの感覚だった。どうしてもペンを執りたくて、落ち着かなくなる。

本の間に、小町さんがレファレンスのときにくれた紙を挟んでいたのを思い出す。俺は席を立ってカウンターに行き、のぞみちゃんにボールペンを借りた。

白い裏紙、黒いボールペン。

充分だ。俺は孔子鳥の化石を見ながら、ゆっくりと模写していった。

無心になった。ペン先から生まれていく鳥。いつしか命が宿る。

模写にとどまらず、そこから俺は想像を広げていった。こいつは骨のままに、生きている。翼の先は鋭い鎌になっていて、あらゆる悪を切り裁くんだ。醜いガイコツの姿だが人知れず正義。空洞の目の中には、小さな小さな金魚を住まわせている――。

夢中になってあらかた描き終えたころ、いつのまにか近くに来ていたのぞみちゃんが、「ひゃーっ」と大声を上げた。ぎくりとする。「ひゃーっ」に続く言葉はわかる。きっと「気持ち悪い」だ。

ところがのぞみちゃんは、目を輝かせて言った。

「先生、見てください！　浩弥さんの絵、素敵です！」

違う方向に動揺した。貸出カードを作るときに覚えたんだろうけど「浩弥さん」と名前で呼ばれたことも、素敵だと褒められたことも。

小町さんはむっくりと立ち上がり、カウンターから出てきた。おっとりと体を揺らし、テーブルまで歩いてきて俺の横に立つ。

むぅ、とおかしな唸り声を出し、「すごいオリジナリティだね」とうなずいた。

のぞみちゃんが言った。

「コンテストとか、応募してみたらいいじゃないですか」

「……いや、そういうの、無理だから」

俺が紙を丸めようとすると、のぞみちゃんが慌てたような口ぶりで言った。

「待って、捨てちゃうならそれ、私にくれませんか」

「こんなのでいいの？　グロいじゃん」

「これがいいんです」

のぞみちゃんは俺から紙を奪うようにして、両手で胸にあてた。

「グロくて、どこかユーモアがあって、愛を感じます」

理解された喜びに心が躍る。調子こくなよ、俺。そんなの、気を遣って言ってくれてるに決まってるじゃないか。

ともあれ、ただの紙屑になるはずだったガイコツ鳥は、彼女の手によって命をとりとめたらしい。また明日もここに来ていいと言われたような気がして、俺はこっそり頬をゆるませた。


翌日、図書室に入ろうとしたら、廊下であのバンダナのおばさんが掃除をしていた。室井さんと呼ばれている人だ。手すりを雑巾で拭いている。俺を見て「ああ、こんにちは」と言った。

「さゆりちゃん、今日は休みだよ」

「……あ、そうですか」

そうだ、そもそもこの人に誘導されて、俺は図書室に通うことになったんだ。

「さゆりちゃんなんて言うから、てっきり若い子かと」

俺はぼやく。室井さんはカラッと笑った。

「六十二歳のあたしから見たら若い女の子だよ。まだ四十七歳だっていうじゃないの」

四十七歳で若い女の子。俺は三十歳ですっかり年をとった気でいたのに。若いか老いてるかって、相対的なものなのかもしれない。

それにしても小町さん、四十七歳なのか。なんとなく、あの人には年齢というものがないような気がしていた。あたりまえだけど、普通の人間なんだなと思う。

「モンガー、好きなんですか」

俺が訊ねると、室井さんは突然、「モンガー！」と叫んだ。

モンガーの真似らしい。ビビってのけぞると、室井さんはけたけた笑う。

「好き好き。絶対生物、モンガー！」

そうだ。モンガーはのほほんとした外見だけど、灼熱にも極寒《ごっかん》にも耐え、何でも食べてエネルギーに変えられる絶対生物。テレポーテーションもできるのだ。室井さんは言う。

「なのに、かまってもらえないとすねちゃったり、悲しいとすぐ泣いちゃったりするんだよね。どんなところでも生き延びられる最強の体や、特殊能力を持ってるのにさ。強さって、いったいなんだろうね」

なんだか深いことを言っている気がして、俺は黙った。

「三年前よ。さゆりちゃんがここに来たばっかりのころ。あたしがモンガーが好きって話をさゆりちゃんにしたら、料理本の相談をしたとき、本と一緒に手作りの羊毛フェルトくれてね。あたし感激しちゃって、いい付録くれたねって言ったら、さゆりちゃんはその言い方が気に入ったみたいで」

そうか、小町さんの「付録」の発案者は、室井さんだったのか。

「仲いいんですね、小町さんと」

うん、と室井さんはしゃがみこみ、バケツの中で雑巾を洗った。

「でもあたし、三月いっぱいで辞めるんだ」

室井さんは座ったまま顔をこちらに向け、誇らしげな笑みを浮かべる。

「娘がねえ、四月に出産でね。孫ができるのよ、おばあちゃんになんの、あたし。しばらく、そばで世話してやりたいからさ。それを機に、ここも引退。ちょうど新年度で四月からは新しいスタッフも来るからね、その人と交代するの」

ここのスタッフは一年ごとの契約で、双方の希望が合致すれば更新になるらしい。室井さんは「あと一カ月ちょっとだけど、よろしくね」と、バケツを持って去っていった。

図書室に入ると、のぞみちゃんがにこっと笑いかけてくれた。

室井さんの言うとおり、小町さんはいなかった。レファレンスコーナーのカウンターの端に、輪ゴムつきの『進化の記録』が置いてある。俺が来たら自由に取れるように、そうしておいてくれたんだろう。

今日も利用者は少なくて、静かだ。俺は閲覧席をひとりじめして本をゆっくり開く。

太古の歴史、鳥類、変温動物。中ほどまできて、今は植物のページを読んでいる。ハエトリグサのみずみずしさに心を奪われつつ、ふと視線を感じて顔を上げると、貸出カウンターの中からのぞみちゃんが俺を見ていた。

え、と俺が目を開くと、のぞみちゃんはゆったりほほえむ。ドキッとして、照れ隠しであわてて言った。

「だめだよな、いい年して仕事もしないで、こんなとこでハエトリグサなんか見てて」

のぞみちゃんはにこにこしながら首を横に振った。

「ううん。浩弥さん見てると、小学校の頃のこと思い出すんです。私、保健室登校だったから。少し違うかもしれないけど、なんかわかる」

保健室登校。のぞみちゃんが。

ちょっと驚いていると、彼女は続けた。

「小町さんって、前はここの小学校で養護の先生をしていたんです。私はそのときの生徒。一時的にですけど、どうしても教室に入れなくなって、保健室登校してました」

そういえばのぞみちゃんは小町さんを「先生」って呼んでいる。司書としていろいろ教えてもらってるからかと思ってたけど、そういうことだったのか。

「……どうして、教室に入れなかったの?」

俺が訊ねると、のぞみちゃんは笑った。

「なんかね、みんなと同じようにできなくて」

ああ、それなら俺も一緒だ。

でも軽々しくそんなことを言っていいのかわからなくて、俺はただうなずいた。

「私、大きな声がこわくて。小学生ぐらいの子って、突然大声出したり笑ったりするでしょう。他の子が先生に怒られたりするのも、自分が責められてるようなつらい気持ちになったり、なんだかいつも、びくびくしてた。そういうのって、みんな敏感じゃないですか。あいつは変な奴だとか、やりにくいとか。直接いじめられたとかいうより、なんとなくみんなに無視されてる感じで、自分がそこにいちゃいけないような気持ちになっちゃったんです」

明るい口調でのぞみちゃんは言った。

だからなおさら伝わってくる。本当につらかったんだってこと。

「それで学校に行けなくなったとき、お母さんと担任の先生が話し合って保健室にいていいってことになったんだけど、最初の日に先生が……小町さんが、ぼそっと言ったんです。森永さんの夏休みの読書感想文、すごくおもしろかったよって。廊下の壁に何人か貼られてるのを読んだんだって。嘘じゃなかった。ちゃんと、どこがどんなふうに良かったか言ってくれたから。私、本当に嬉しくて、それから本を読んだら必ず感想文を書いて、小町さんに読んでもらってました」

ずらりと並んだ本をゆっくりと見回し、のぞみちゃんは穏やかに続けた。

「時間をかけて少しずつ教室に戻れるようになって。私が高校のときに小町さんはここで司書の仕事を始めたんだけど、卒業したら私も司書になりたいって相談したら、ここで司書補として働くことを勧めてくれたんです」

「司書補？」

「はい。まず司書補講習を受けて、司書補として二年勤務すると、司書講習を受けることができるんです」

「えっ、司書の講習を受けるために二年の司書補経験が必要なの？」

「ええ、高卒の場合は。三カ月の司書講習を受けて、通算三年以上の司書補経験を積んでやっと修了なんです。大学進学して必要な科目を取って資格取得するという道もあるけど、うちは経済的に進学は難しかったし、私もすぐに現場で働きたかったから」

意外に先が長いんだな。司書になるって大変なんだ。

俺は心から言った。

「そんな早いうちからやりたいことが決まって、まっすぐ進んでるっていいな」

「浩弥さんもそうだったじゃないですか。高校を卒業したあと、デザイン学校に進んだんでしょう」

「でもぜんぜん、受け入れられなかったし。俺の絵、不気味で暗すぎるって」

のぞみちゃんは、かくんと首を傾けた。小町さんの仕草に、少し似ていた。

「えっと……えっと」

大きな目をきょろきょろ動かしながら、のぞみちゃんは何やらウンウンと考えている。そして突然、俺に向かって叫んだ。

「酢豚！」

「……え？」

「酢豚に入ってるパイナップルって、どう思います？」

なんだ、唐突に。

俺が首をかしげていると、のぞみちゃんは真っ赤な顔で一生懸命しゃべりだした。

「あれ、嫌がる人いっぱいいるじゃないですか。許せないとか言われて。なのに、なんでなくならないのかなあって」

「な、なんでかな」

「少数派かもしれないけど、酢豚のパイナップルを好きな人はいて、その人たちはちょっと好きってレベルじゃなくて、ものっすごい好きなんだと思うんです。好きの熱量の問題っていうか。たとえ多数に受け入れられないとしても、その人たちがいる限り存在が守られるんだと思うんです」

「…………」

「私は大好きです。酢豚のパイナップル。浩弥さんのあの絵も」

心がほわっとした。嬉しかった。こんなに必死になって、俺を励まそうとしてくれるのぞみちゃん。好きって、人を救ういい言葉だ。俺やあの絵の存在を受け入れられたって気持ちになる。たとえお世辞だとしても。

上機嫌で帰宅したら、母さんが誰かと電話でしゃべっているところだった。華やいだ声で、すごく嬉しそうで。相手はすぐにわかった。

電話を切ったあと、母さんは言った。

「お兄ちゃん、四月に帰国するって！」

頭の奥で、カーンとその声が響いた。急に殴られたような感覚に襲われる。

「東京本社に戻ることになったんですって。新しい部署ができて、そこの役員に選ばれたみたいでね」

ああ、とうとう。

とうとう、このときがやってきた。

うろたえているのを悟られないように、俺は「そうなんだ」と答えながら洗面所に向かう。

蛇口をひねり、水を出した。

勢いよく手を洗う。顔も洗う。ざぶざぶ。

頭の中を、『進化の記録』のあの一文がよぎっていく。

「――好ましい変異は保存され、好ましくない変異は消滅させられる。」

兄ちゃんは……。

子どものころから、出来がよくて。

小学生のとき、父さんと母さんが離婚して、三人暮らしになって。

そのときもう中学生だった兄ちゃんは、前よりさらに猛烈に勉強し始めて、その姿はなんだか怒ってるみたいに見えた。父さんに、そして変わってしまったこの環境に。俺が話しかけるとうるさそうに顔をゆがませた。

兄弟でも、ただ心細くて不安でうずくまっているしかない俺は、兄ちゃんとは違う種の人間だった。狭い家の中で邪魔したらいけないと思った。だから俺は、学校から帰ると漫画喫茶キタミに逃げ込んだのだ。

でもそのキタミも、俺が小学校を卒業するのと同時に行けなくなってしまった。それまでの田舎暮らしから、母さんが女手ひとつで俺たちを育てていけるような仕事のある東京に引っ越すことになったからだ。

授業料免除の特待生で大学を出て商社に入社した兄ちゃんのおかげで、母さんはきつかったフルタイムの仕事を辞め、お気に入りのパン屋でパートをしている。

四年前、兄ちゃんがドイツに赴任することが決まって、俺は正直ほっとしたのだ。

兄ちゃんの前で俺はいつも、底なしにダメな人間に思えて仕方なかった。

――俺だって。俺だって、がんばって働こうとしたんだ。でもできなかったんだ。

デザイン学校を出てなんとか就いた仕事は、教材の営業販売だった。塾や一般家庭へのセールスだ。昼は外に出て、夜は会社で電話をかけた。うまく話せなくて迷惑がられてばかりで、まるで生ゴミになった気分だった。ノルマはまったく達成できず、上司や先輩からはいつも怒られていた。やる気があればできるとか、まったく使えねえなとか。

一カ月して、体が動かなくなった。布団から起き上がれないのだ。なんとか体を引きずって玄関まで行っても、靴を履こうとすると思考が止まり、全身が硬直して勝手に涙がだらだらと流れた。行かなきゃと思えば思うほど、なにもかも機能しなくなってしまう。

情けないことに、退職の手続きは母さんがすべてやってくれた。俺はとんでもなく無能で、そしてどうしようもない怠け者だった。自分で思っていたよりもずっと。

会社を辞めて少し体を休めてから、せめてアルバイトをしようと思った。だけど、コンビニでもファストフード店でも、一度にいろんなことをスピーディーにこなせなくて、ミスばかりして迷惑かけて申し訳なくて、二週間が限界だった。引っ越し屋のバイトにいたっては、一日で腰が立たなくなって翌日辞めた。

理解力も、コミュニケーション能力も、体力も、どれもまるでない。俺にできる仕事なんて、この世にはないのかもしれない。

嬉しそうな母さんの顔。

あたりまえだ。俺と違ってたよりになって、明るくて優秀な息子がそばにいてくれるようになるんだから。

「空港に迎えに行こうね」なんて言ってる。いやだ、行きたくない。

遠い国から、兄ちゃんは帰ってくる。俺は乗ったこともない飛行機で。

うまく進化を遂げた兄ちゃんがいるこの家で、俺はただ「好ましくない」存在になる。


そういえば、小町さんに飛行機をもらったと思い出す。

大昔の人間は、鳥を見ていて自分も空を飛びたいって、思ったんだろうな。

でもいくら進化したって羽根は生えないってわかったんだろうな。だから飛行機を作ったんだろう。

俺は鳥になれないし、飛行機も作れない。空なんか飛べない。


何をお探し?

小町さんにそう聞かれたときに、真っ先に浮かんだ答え。

俺は探し続けている。

ひとつでいい、こんな俺の存在を許してくれる安らかな「居場所」を……。

翌日は、のぞみちゃんが休みの日らしかった。

図書室に入ると、小町さんがどどんと貸出カウンターにいてびっくりした。ハニードームの箱を持ちこんで、やっぱりざくざくとぬいぐるみを作っている。

閲覧テーブルに向かいながら、俺は小町さんを横目に「熱心だなぁ」とひとりごちた。手元から目を離さず、小町さんは言った。

「昔、保健室登校していた子がやってたの。最初は手芸が好きなんだなとしか思ってなかったんだけど、見ているうち気づいた。毛玉にひたすら針を刺しているとね、無心になるのよ。自分でやってみて、さらによくわかった。ざわざわした不安や濁った気分が、少しずつ平らに整ってくるの。ああ、あの子はこうやって心のバランスを図っていたんだなって思った。いいものを教えてもらったわ」

小町さんにもあるんだ。ざわざわした不安とか、濁った気分が。何が起きても動じないように見えるのに。

俺は閲覧テーブルに座って、『進化の記録』を開いた。

こうしていると、昨晩乱れた心が少し落ち着いた。俺にはさして関心のない様子で、だけど拒絶もせず、すぐそばで手を動かし続けている小町さんの存在がありがたかった。いつでも本を読みにくればいいと言ってくれたことが。

でも、それもいっときのことだ。一生ここで本を読んでいることはやっぱりできないだろう。保健室登校の小学生は時期がくれば卒業するけど、俺の節目は自動的にはやってこない。終わりも始まりも、誰も決めてくれない。

自然淘汰。環境に適応できない者は滅びる。

それなら、勝手にすうっと消してくれればいいのにな。適応できないってわかっていながら、好ましくない変異なんて思われながら、苦しい思いをしながらなんで生きていかなくちゃいけないんだ。

俺自身にたいした力がなくたって、世渡りできる器用さがちょっとでもあればうまくやっていけるのに。たとえ多少卑怯なことをしてでも。

そんなふうに思いながらも、そうやって蹴落とされた側の痛みばかりがリアルに迫ってくる。光を当てられなかったウォレスは、本当にダーウィンを「よき友人」なんて思っていたんだろうか。

俺は開いたままの本の上につっぷした。

小町さんが抑揚のない声で「どうした」とつぶやく。

「…………ダーウィンって、ひどい奴じゃないですか。ウォレスが不憫だ。先に発表しようとしたのはウォレスなのに、ダーウィンばっかりもてはやされて。俺、この本を読むまでウォレスなんて名前も知らなかった」

しばらく沈黙が続いた。俺はつっぷしたままで、小町さんは何も言わずにおそらく針を刺していた。

少しして、小町さんが口を開いた。

「伝記や歴史書なんかを読むときに、気をつけなくちゃいけないのは」

俺は顔を上げる。小町さんは俺と目を合わせ、ゆっくりと続けた。

「それもひとつの説である、ということを念頭に置くのを忘れちゃだめだ。実際のところは本人にしかわからないよ。誰がああ言ったとかこうしたとか、人伝えでいろんな解釈がある。リアルタイムのインターネットでさえ誤解は生じるのに、こんな昔のこと、どこまで正確かなんてわからない」

こきん、と小町さんは首を横に倒す。

「でも、少なくとも浩弥くんはその本を読んでウォレスを知ったよね。そしてウォレスについて、いろんなことを考えている。それってじゅうぶんに、この世界にウォレスの生きる場所を作ったということじゃない？」

俺がウォレスの生きる場所を？

誰かが誰かを想う。それが居場所を作るということ……？

「それに、ウォレスだって立派に有名人だよ。世界地図には、生物分布を表すウォレス線なんてものも記されてる。彼の功績はちゃんと認められてると思うよ。その背後には、どれだけたくさんの名も残さぬ偉大な人々がいただろうね」

そして小町さんは、おでこに人差し指を当てた。

「それはさておき、『種の起源』だ。あれが発行されたのが一八五九年だと知ったときに、私は目玉が飛び出るかと思った」

「え、なんで」

「だって、たった百六十年前だよ。つい最近じゃないの」

つい最近……。そうなのか。俺が眉を寄せて考え込んでいると、小町さんは頭のかんざしにそっと手をやる。

「五十歳近くになるとね、百年って単位が短く感じられるものだよ。百六十年なんて、がんばれば生きてそうだもん、私」

それには納得がいった。生きていそうだ、小町さんなら。

ざくざく、ざくざく。小町さんが無言になって、毛玉に針を刺しはじめる。

俺は本に目を落とし、ウォレスのそばにいたであろう名も残さぬ人々のことを想った。


コミュニティハウスを出たところで、スマホが鳴った。

征太郎からの電話だった。友達からの電話なんてほぼかかってきたことがなくて、俺は立ち止まり、緊張気味に出た。

「浩弥、僕……僕…」

スマホの向こうで征太郎が泣きじゃくっている。俺はうろたえた。

「どうしたんだよ、おい、征太郎」

「……作家デビュー、決まった」

「は？」

「実は、年末にメイプル書房の編集さんからメールがあったんだ。僕、秋の文学フリマで小説の冊子を出していて、それを読んでくれた崎谷さんって人から。何度か会って打ち合わせして、少し手を入れる方向で、今日、企画が通ったって」

「す、すげえ！　よかったじゃん！」

震えた。

すげえ、ほんとにすげえ。夢かなえちゃったよ、征太郎。

「浩弥に、一番に言いたかったんだ」

「え」

「僕が作家になれるわけないって、きっとみんな思ってた。でも高校のとき、浩弥だけは言ってくれたんだ。征太郎の小説は面白いから書き続けろって。浩弥は忘れちゃったかもしれないけど、僕にとってはそのひとことが原動力で、最強に信じられるお守りだったんだ」

征太郎は大泣きしていたけど、俺も涙があふれて止まらなかった。俺の……俺の小さなひとことを、そこまで大事にしてくれてたなんて。

でも、征太郎が書き続けて発表し続けてこられたのは、そのせいだけじゃない。きっと、征太郎の中に自分を信じる気持ちがあったからだ。

「じゃあ、もう水道局員じゃなくて作家だな」

鼻水をすすりながら俺が言うと、征太郎は「ううん」と笑った。

「水道局の仕事があったから、小説を書き続けることができたんだ。これからも辞めないよ」

俺はその言葉を、頭の中で繰り返した。どういう意味だろうと考えてしまうような、でも理屈じゃなくすごくわかるような。

「今度、お祝いしような」と言って、俺は電話を切った。


俺は興奮して、ぐるぐるとコミュニティハウスの周りを歩いた。鉄の柵の前に、やっとふたり座れるぐらいの小さな木のベンチがあった。そこに腰を下ろす。

柵の向こうに小学校の校庭がある。併設とはいえ、こちらからは入れないようになっている。放課後なんだろう、子どもたちがジャングルジムに登って遊んでいた。

二月の終わりの夕方、だいぶ日が長くなっていた。

俺は気持ちを落ち着かせながら、ジャンパーの両ポケットに手を突っ込んだ。

左にタイムカプセルの紙、右に小町さんがくれたぬいぐるみ。

どちらも入れたままになっていた。俺はふたつとも取り出し、それぞれの手に載せた。

飛行機。誰もが知ってる文明の利器。大勢の客や荷物を乗せて空を飛んでいても、今、驚く人はいない。


たった百六十年前――。

それまでヨーロッパでは、生物はすべて神が最初からその形に創ったもので、これまでもこれからも姿を変えることなんかないって固く信じられていた。

サンショウウオは火から生まれたと、極楽鳥は本当に極楽から来た使いだと。みんな真剣にそう思っていた。

だからダーウィンは発表することを躊躇したのだ。まさに、環境に適応しない考えを持つ自分自身が淘汰されることを恐れて。

でも、今や進化論はあたりまえになっている。ありえないって思われてたことが、常識になっている。ダーウィンもウォレスも、当時の研究者たちはみんな、自分を信じて、学び続けて発表し続けて……。

自分を取り巻く環境のほうを変えたんだ。


右手に載った飛行機を眺める。

百六十年前の人たちに、こんな乗り物があるって話しても誰も信じないだろう。

鉄が飛ぶはずないって。そんなものは空想の世界の話だって。

俺も思っていた。

俺に絵の才能なんてあるわけない、普通に就職なんてできるはずない。

でもそのことが、どれだけの可能性を狭めてきたんだろう？


そして左手には、土の中に保管されていた高校生の俺。四つ折りにされた紙の端をつまみ、俺はようやく、タイムカプセルを開く。

そこに書かれた文字を見て、俺はハッとした。


「人の心に残るイラストを描く」


たしかに俺の字で、そう書いてあった。

そうだったっけ……ああ、そうだったかもしれない。

どこかでねじまがって、勘違いが刷り込まれていた。「歴史に名を残す」って書いてたと思い込んでいた。壮大な夢を抱いていたのに打ち砕かれたって。俺を認めてくれない世間や、ブラックな企業がはびこる社会が悪いって、被害者ぶって。でも俺の根っこの、最初の願いは、こういうことだったじゃないか。

丸めようとしていた俺の絵を、救ってくれたのぞみちゃんの手を思い出す。俺の絵を、好きだって言ってくれた声も。俺はそれを、素直に受け取っていなかった。お世辞だと思っていた。自分のことも人のことも信じてなかったからだ。

十八歳の俺。ごめんな。

今からでも、遅くないよな。歴史に名が刻まれるなんて、うんと後のことよりも……それよりも何よりも、誰かの人生の中で心に残るような絵が一枚でも描けたら。

それは俺の、れっきとした居場所になるんじゃないか。


次の日俺は、クロッキー帳といろんな種類の筆記具を持ってコミュニティハウスに行った。

孔子鳥がそうだったように、『進化の記録』には俺の創作意欲をかきたてる写真がいっぱいある。コンテストに出すかどうかは別として、またちゃんと絵を描くことと向き合いたいと思ったのだ。

コミュニティハウスの入口から中に入ると、いつも受付にいる白髪のおじさんと小町さんが立ち話をしていた。その脇を通って図書室に向かう。

もはや勝手に『進化の記録』を取り出し、俺は閲覧席で写真を選び始めた。絵を描くという気持ちで見ると、新たな高ぶりがあった。北米のカミキリムシをデッサンしようか。コウモリの羽から着想してキャラデザインしてもいい。ああ、ウォレスの肖像を硬筆エンピッで写し取るのも面白い。

わくわくとページをめくっていると、小町さんが戻ってきた。貸出カウンターにいたのぞみちゃんに話しかけている。

「室井さん、しばらく来られないって」

俺はカウンターのほうに顔を上げた。

「娘さんのお産が、早まったみたいで。のぞみちゃん、悪いけど、三月いっぱい事務室の手伝いもしてもらっていいかな」

のぞみちゃんは少し困惑した表情でうなずいている。

いや、それは……。

俺は立ち上がった。頭よりも体が先に動いていた。

「あのっ」

小町さんが振り返る。

「お、俺。俺にやらせてもらえませんか」

額に汗がにじむ。何言ってるんだ、俺。

でも、だって、のぞみちゃんは図書室にいなくちゃだめだ。司書になるために、あんなにがんばってるんだから。

ここでの仕事って、何すればいいのかはわからないけど、とりあえず俺には時間だけはたっぷりある。

小町さんは眉毛ひとつ動かさず俺の顔をじっと見つめたあと、かすかに微笑んだ。

室井さんの代わりに週四回、朝八時半にここに来ることがまずつらかった。それまでだらだらと朝方まで起きていて、目覚まし時計もかけずに昼まで寝ていたのだから仕方ない。それでも、起きるときの壮絶なしんどさを乗り切りさえすれば、外の空気に触れるころには完全に目が覚めた。なまっていた体には館内の掃除もきついほどだったけど、数日こなすうちに、一日中なんとなくだるかったのがシャンとしてきた。何より、自分の労働がお金になることがものすごく久しぶりで、新鮮だった。使い道は、最初から決めていた。

受付、掃除、パソコン入力、講座の案内やサポート。行ったことのなかった二階は広いスペースがとられていて、ダンスレッスンや講演会も行われていた。俺にでもできるぐらいの掃除や備品管理をする仕事は、思っていた以上にたくさんあった。

俺が絵が描けると小町さんが吹聴したようで、コミハ通信のイラストやイベントのポスターも頼まれた。「うまいなあ」と褒められたり、壁に貼ってあるポスターの前で人が足を止めたりすると、密かにガッツポーズをして喜んだ。俺の絵は、なぜか小さな子どもによくウケるようだった。

ここでの時間は、ゆっくりこっくり流れていた。今までバイトしてきたどこととも違う。俺は出来損ないじゃなくて、自分を活かせる場を間違えていただけだったのかもしれない。

少しだけでも、「役に立っている」という実感があった。そのことは大きな安心をくれた。俺はここにいてもいいのだと。

コミュニティハウスにはいろんな人が来た。講座の先生、それを受講する生徒。カラーセラピーのセッション、工芸のワークショップ、さまざまな催しがあった。

この街に住む人々が、豊かな時間を過ごせるように、学びや娯楽を得られるように、安心して来られるように。考えられ、配慮され、広く受け入れられる場。それを用意するのが、この施設の大きな目的だった。

よく顔を見せるおばあさんとロビーで話し込んだり、若い母親に連れられてきた子どもと仲良くなったり、俺はこんな社交的な自分がいることにびっくりした。

事務室のシフトが入っていない日は、図書室で本を読んだり絵を描いたりした。不思議だった。今まで覆われていた布が取り外されたかのように、アイディアがむくむくと湧いてくるのだった。あんなに時間があったときは、まったく思い浮かばなかったのに。描こうという気にさえなれなかったのに。

スタッフともいろいろ話すようになった。いつも受付にいる白髪のおじさん……古田さんは館長で、区民利用施設協会という一般社団法人の職員だった。この協会は、都が設置した区民施設の管理や運営を委託されているのだ。

就職活動って、これまで企業や店しか思い浮かばなかった。すぐ身近に、俺の知らなかったいろんな仕事がある。もっと調べてみたら、自分にぴったりの場が見つかるかもしれない。

感謝したいことがいっぱいだった。ここで働かせてもらえること、気持ちよく動く体、利用者が笑顔を向けてくれること。

そして母さん。

俺が会社を辞めても、少しも責めなかった母さん。

家でごろごろしている俺に、無理強いはせずそれとなく外に出るように仕向けてくれていた母さん。

人からは「甘やかしてる」と言われていただろう。

法事なんかで、何も知らない親戚から「浩弥は何の仕事してるんだ」と訊ねられて、気まずくなったことも何度かある。そういうことを訊いてくる人にまったく悪意はない。それがなおさらつらかった。学生でもない大人は仕事をしていて当然だと、それが世間一般の認識なのだと思い知らされるから。

それでも母さんは、人目を気にして俺をせっついたりなんかしなかった。

兄ちゃんが帰ってきたって、それはきっと変わらない。俺が卑屈になってただけじゃないか。母さんは兄ちゃんのほうが大事に違いない、なんて。

空港には、ちゃんと迎えに行こう。母さんと一緒に、兄ちゃんに「おかえり」って言おう。

ここで初めてもらった給料。それが丸ごと入った封筒を、俺は母さんに渡した。小さな花束を添えて。

母さん、ごめん。ありがとう。いつも明るくしてくれてたけど、本当はずっと俺のこと心配だったよね。

母さんは封筒を受け取らず、黙って押し返してきた。そしてそのあと、花束に顔をくっつけるみたいにして、ぼろぼろと泣いた。


四月。

室井さんがコミュニティハウスに遊びに来た。

娘さんと、お孫さんと一緒だ。ホントにありがとね、すごく助かったのよ。浩弥くん、評判いいわよ。早口でまくしたてる室井さんの後ろで、娘さんに抱かれた赤ん坊がじいっと俺を見ていた。まだ首も座らない頭のてっぺんで、毛がくるんと渦を巻いている。モンガーみたいだな、と思っていたら室井さんが言った。

「可愛いでしょ、最強よ。今のあたしにとって、この子にかなう生物はいないわ」

ピンチヒッターが終わってからも俺は、継続してここで週四日働いている。

今年度の新しいスタッフは決まっていたけれど、古田さんがもうひとり枠を取ってくれたのだ。

「募集はひとりじゃなくて若干名だったからね。浩弥くんの働きを見て、続けてほしいと思ったんだ」

古田さんはそう言ってくれた。仕事に就くって、こんな形もあるんだ。履歴書を書いて面接して選ばれるだけじゃなくて、がんばって目の前のことに取り組んでいたら求めてもらえるってこともあるんだ。

一年契約のパートタイム。時給千百円。じゅうぶんだ、ありがたい。今はここで働きながら、絵を描きながら……じっくりと、自分の道を探していこう。

帰り際に室井さんが言った。

「そうだ、さっきさゆりちゃんにハニードーム渡したから、浩弥くんも食べてね」

「ありがとうございます。小町さん、やっぱりハニードームが好きなんですね」

室井さんは流し目をしながらニヤッと笑う。

「ご主人との出会いのきっかけなんだって。お店で、ふたりで同時に手を伸ばしてアッ！っていう。いつもつけてる白い花のかんざし、プロポーズのとき指輪の代わりにもらったらしいよ」

「えーーーっ！」

びっくりした。そして、ふくふくと幸せな気持ちになった。

これはなんというか……。人に歴史あり、だ。

休憩時間に、図書室に行った。

棚に本を戻していたのぞみちゃんが俺に気づき、「予約してた本、入りましたよ」と声をかけてくれた。

世界の深海魚を集めた図鑑だ。アートマガジンのイラストコンテストに応募するための資料。こうなったら俺は、マニアックでグロテスクでユーモアと愛に満ち溢れた世界を極めてみたい。

しばらく閲覧席で図鑑を開いていたら、たたたたたたたたたーっと、小町さんがキーボードを打つ音が響いた。奥の仕切りから半分、ウエストポーチをつけたおじさんが見える。レファレンスを受けているのだろう。

俺は思わず、ぷっと吹き出す。やっぱりケンシロウだ。でも小町さんのあの技は、北斗百裂拳とは真逆のことを教えてくれた。

それはいたってシンプルな事実。長い進化の歴史の中、ここで確かに――。

俺は今、生きている。

五章 正雄 六十五歳 定年退職

六十五歳になった九月の最終日、それはわたしの会社員人生においても最後の日となった。

特に大きな功績を残したわけではないが罰せられることもなく、真面目さだけが認められて役に就き、勤め上げた四十二年間。

部長、おつかれさまでした。

部長、ありがとうございました。

部長、お元気で。

花束を受け取り、拍手に囲まれ、気持ちよく会社を後にした。安堵と、いささかの寂寥と、達成感と。

いろいろなことがあったが、わたしなりにやってきた。毎日、決まった時間に電車に乗り、決まったオフィスの決まった席につき、目の前の業務をこなす。そんな日々が今日で終幕を迎えた。わたしは会社の建物をじっと見つめて一礼し、背中を向ける。

さて。

……さて。

…………さて？

わたしは、明日から何をすればいい？

桜の見ごろがそろそろ終わってしまう。明日は近所の公園に見に行こうか。

そう考えたあとすぐ、思い直す。いや、いい。もう充分に見た。

例年は四月上旬の週末になると花が散る前に急いで出かけたものだが、今年は違う。つぼみから開花になるまで、毎日眺める余裕があった。昼も夜も好きなようにだ。

娘の千恵《ちえ》が子どものころは、土日も忙しくてその時間さえ取れなかった。一緒に花見もできないまま春は過ぎ去っていったような気がする。

しかし自分に時間ができたころにはもう、娘はとっくに自立して独り暮らしをしている。もっとも、一緒に暮らしていたとしても父親と花見なんかしてくれないかもしれないが。

半年前に定年退職してから、わかったことが三つある。

ひとつは、六十五歳が思っていたよりずっと若いことだ。

驚いた。自分が子どものころに想像していたような年寄りじゃないのだ。もちろんとうの昔に青年ではなくなっているが、少なくとも自分では老人という実感はまだない。まだ中年が続いているような気がしている。

もうひとつは、わたしには恐ろしいほど趣味がないということだ。

好きなものや楽しみにしていることなら、いくつかある。たとえば晩酌《ばんしゃく》のビールや、日曜日の大河ドラマなんかがそうだ。でもそれは日常の中のひとときであって、趣味とは違う。物を作ったり、何かについて熱弁できるほど夢中になるような、そんな愛好の対象をわたしはひとつも持っていなかった。

最後のひとつは……。

会社員でなくなったわたしはもう、社会から認識されていないということだ。

長年営業部だったので、人と話すのが仕事のようなところがあった。それで自分は多くの人に囲まれていると勘違いしていたかもしれない。

お歳暮も年賀状もこなかった年末年始、茶飲み友達さえいない自分に愕然とした。これまでの「つきあい」はすべてビジネスだったのだ。この半年で、あの会社でのわたしの存在はすでに記憶から消されつつあるだろう。四十二年も勤めたのに。

ぼうっとテレビを見ていたら、妻の依子《よりこ》が仕事から帰ってきた。部屋の中を見て「あら」と小さくつぶやき、ベランダのほうに歩み寄る。

「やだ、正雄《まさお》さん。洗濯物、取り込んでおいてって言ったでしょう」

しまった、忘れていた。

依子は怒ってはいない。幼児に諭すような口調で「忘れんぼさん」と言いながら、窓を開けてつっかけを履く。

「すまない」

わたしは依子が物干し竿から外した洗濯物を受け取り、中へ運んでいく。すっかり乾いた衣服からは日向のにおいがした。

これまでまったくしてこなかった家事の手伝いというのも慣れなくて、頼まれたこともつい忘れてしまう。このまま家でぼんやりしていたら、体も頭も退化して、物忘れがどんどんひどくなっていくかもしれない。このおおらかな妻に忘れんぼさんなんて笑ってもらえるのは今のうちかもしれない。いや、あの言い方は、もうすでにわたしのことなど怒っても無駄だとあきらめているのかもしれない。

わたしは必死でピンチから洗濯物を外す。しかし靴下やら下着やらの畳み方がよくわからなくて、タオルだけを探してとりあえず折った。

「ああ、そうだ。これ」

依子が鞄の中から紙を一枚取り出した。

囲碁教室。

紙の上部に大きな字でそう書いてある。

「矢北《やきた》さんっていう、私の生徒さんのこと話したことがあったでしょ。この四月からコミハで囲碁の先生やってるんですって。正雄さんもどうかなと思って」

「矢北さん？　ああ、野草のホームページ作ってるっていうじいさんか」

「そうそう。月謝制なんだけど、四月は半分過ぎちゃったから、もし行くなら二回分でいいって」

依子はパソコンのインストラクターをしている。

四十歳までＩＴ企業でシステムエンジニアとして働き、それ以降はフリーで活動を始めた。協会に登録していて、教室や講座に呼ばれていく。コミュニティハウスと呼ばれる施設では、毎週水曜日に講師をしているらしい。パソコンのことはわたしにはさっぱりわからないが、これからの時代、ＩＴのスキルがあることは相当な強みだろう。しかも依子には定年というものがない。

「コミハならうちから歩いて十分ぐらいだし。わかるでしょ、羽鳥小学校。そこにくっついてるの」

「囲碁か。やったことないな」

「だからいいんじゃない。一から覚えるの、面白いわよ」

いつのまにかエプロンを締めて台所に立ち、依子は言った。

依子は五十六歳だ。九つ違うので、結婚したときはよく「若い嫁さん」と言われたものだ。年をとって周囲からそう言われることはなくなったが、本人はいまだに「若い妻」だと思っている節がある。実際、まだ現役で活躍している彼女は溌剌《はつらつ》としていて若々しい。昨今、自信をもって仕事をしている五十代女性の輝きたるや、まぶしいくらいだ。

……………囲碁、か。

わたしはチラシを手に、考え込んだ。

趣味は囲碁。ありきたりではあるが、まあ、悪くない。少しは頭もはたらくようになるだろう。

月曜日の十一時か。わたしはいろいろと書き込んであるカレンダーを見る。もとより、それは依子の用事ばかりで、わたしの予定など何も入っていなかった。


月曜の朝、わたしはコミュニティハウスに向かった。

羽鳥小学校の場所は知っていたものの、門扉はぴったりと閉じられ、入れなくなっていた。インターフォンがついていたので鳴らすと、「はい」と女性が出た。

「すみません、囲碁教室に来たんですが」

「はい？」

「囲碁教室です。コミュニティハウスの」

「ああ」

女性は小学校の職員だったらしい。入口が別になっているので、塀をぐるっと回って、通用口の案内板をご覧くださいと言われた。

なんだ、小学校にくっついているといっても隣にあるだけか。わたしは塀づたいに歩道を進み、「コミュニティハウスはこちらです」と書かれた案内板を見つけた。

狭い通路を入っていくと、白い建物があった。小学校の校庭とは柵で仕切られている。扉を開けてすぐ右側が受付窓口だ。カウンターの奥は事務室になっている。緑色のシャツを着た若い男性がパソコンに向かっていた。

わたしに気づいた男性が出てくる。豊かな毛量の白髪だ。

「ここに記入お願いします」

カウンターに置かれた入館表には、名前と目的、時刻を書くようになっていた。わたしはボールペンを取る。

「いや、場所がわからなくて迷いましたよ。家内が小学校にくっついてるっていうから、てっきり敷地内なのかと」

ああ、と男性が笑った。

「前はここ、小学校とつながってたんだけどね。今はセキュリティの問題で、行き来できないようになってるんですよ」

「……へえ」

「もともとは、小学校の子どもたちと地域の住人が交流を深められるようにって開いた場所だったのにねえ。物騒な事件が多いでしょう。何より子どもを守らなきゃっていうんで、学校の正門にも鍵かかってて。羽鳥小の児童でも、卒業するまでここに入ったことないって子がたくさんいますよ」

そうなんですか、と相槌を打ちながら、わたしは記名する。

権野《ごんの》正雄。

名前を呼ばれる機会もずいぶん減った。先月、歯医者に行ったときが最後か。

囲碁教室は和室で行われていた。靴を脱ぎ、畳の上に上がる。

もうすでに何人かが向かい合って対戦しており、角ばった顔の老人がひとりで奥に座っていた。

老人はわたしを見ると「権野さん？」と声をかけてくれた。この人が、矢北先生だ。七十五歳と聞いていたが、肌艶も良くかくしゃくとしている。

「ようこそ。奥様からお話をおうかがいしていますよ」

「家内がお世話になっております」

「いえいえ、こちらこそ」

お世話になっております。久しぶりに交わした常套句だ。

矢北先生は碁盤《ごばん》を挟み、まず石の置き方から教えてくれた。置く場所。順番。先手と後手の決め方。初歩の初歩のルール説明だ。

ふんふん、とうなずきながら聞いていると、矢北先生が突然、

「素晴らしい奥様ですな」

と言った。

へ、と顔を上げると、矢北先生は顎をなでている。

「権野先生のことですよ。うらやましい限りです。仕事ができて聡明で、さらに気が利く。

まあ、私はもう結婚はこりごりですがね」

ということは、離婚してお独りなのか。どう答えていいものか、碁石を見ながら「はぁ」とふやけた返事をしていると、矢北先生はぺらぺらとしゃべりだした。

「よくある熟年離婚というやつですわ。会社勤めしていたころは、ほら、朝ケンカしても仕事に行って帰ってくるとなんとなくうやむやになるというか、なあなあで終わることって多いでしょう。それが、ずっと家にいるようになって顔を合わせる時間が多くなると、リセットする機を逃してしまうんですなあ。それでも私のほうは、長年連れ添った相手だし、破れ鍋に綴じ蓋なんて思っていたわけなんだけども」

「……はぁ」

「女の人っていうのはねえ、ある時期を超えると、今まで我慢していたことが一気に許せなくなるみたいですよ。最後のほうはもう、私が選ぶ靴下の柄が悪趣味すぎて耐えられないとまで。なんだそれは、って感じでしょう」

よくしゃべる先生だ。先生の身の上話を聞くのは、この講座において入門儀式なのだろうか。靴下を盗み見したら魚のうろこみたいな柄だったが、そんなことで離婚されてしまうのは気の毒だ。ひきつった笑いを浮かべているわたしに、矢北先生は話を続ける。

「離婚届を突き付けられたときには寝耳に水でしたけど、私には十代から続けてきた囲碁がありましたし、ガーデニングや野草探しや、やりたいことは盛沢山ですからね。人生を楽しむのには事欠かない。まあ、お互い独身に戻ってひとりを謳歌《おうか》しようじゃないかと。

かえって良かったですわ」

そういうことなのだ。年をとっても、会社を退いても、離婚してひとりになっても、好きなことに打ち込めるのならこんなに元気に幸せそうに暮らせるのだ。まして彼は「囲碁の先生」という職があり、おそらく属する団体があり、植物というフィールドも持っている。依子の教室で学んでいるというホームページにも、きっと人が集まるのだろう。

「妻の態度がいよいよ変わり始めたのは、私が定年退職してから半年のころですよ。お宅も、そろそろ気を付けたほうがいい」

矢北先生はまるで囲碁のルールよりも大事なことを伝えているというように、声をひそめた。


時間がきて囲碁教室が終わった。

囲碁はわたしの想像以上に難しかった。すべて矢北先生の口頭で話が進んでいき、メモを取らせてもらえなかったので、まったく頭に入っていない。

今日だけなんとかやり過ごせばいいとも思ったが、四月の二回分を先に払い込んでしまっている。あと一回は行かないともったいない。

和室を出ると、若い男性が目の前を通り過ぎた。さっき事務室でパソコン作業をしていた緑シャツだ。そちらに目をやると、奥の一室の戸口上部に「図書室」という表札がかかっている。彼は中に入っていった。

図書室があるのか。

たぶん、囲碁の本も置いてあるだろう。見るだけ見てみるか。

私も緑シャツに続いて図書室まで行き、足を踏み入れた。

こぢんまりした図書室だったが、壁一面の棚には本がぎっしり詰まっている。緑シャツと紺のエプロンをした女の子が軽く会話しているほかに、利用客はいなかった。

囲碁の本というと、どのあたりだろう。きょろきょろしていると、エプロンの女の子が本を数冊抱えて通りかかった。胸元のネームホルダーに「森永のぞみ」とある。

「すみません、囲碁の本は……」

声をかけると、森永のぞみさんはひまわりみたいな笑顔をわたしに向け、「こちらです」と反対側の棚を片手で指した。

娯楽と書かれた棚に、囲碁や将棋の本があった。思った以上に充実している。

「たくさんあるなぁ」

棚を見回していると、のぞみさんが言った。

「こういうテキストって、選ぶの難しいですよね。最初は何がわからないのかわからないですし」

利用者の気持ちに寄り添ってくれている。いいスタッフだ。

「私も囲碁はやったことないんですけど、あちらに司書がおりますので、ご相談いただければいい本をお調べしますよ」

司書さんに聞くほどたいそうなことではないが、彼女がそう言ってくれるなら行ってみようか。

奥の天井に「レファレンスコーナー」というプレートが下がっている。わたしはそちらに向かい、掲示板にもなっているついたてからのぞいた。

は、と足が止まる。

そこにいたのは、なんとも大きな女性だった。前開きの白いシャツははちきれんばかりで、ボタンが飛んでしまいそうなくらいだ。ちょこんと団子結びをしている頭には、白い花のかんざしが挿してある。彼女自身も色白で、正月に神社で飾られる巨大な鏡餅のようだった。

彼女はわたしには気づかないのか、うつむいたまま手を動かしていた。よく見れば、なにやら毛の塊のようなものに、つんつん、つんつんと針を刺している。なんだか怒っているような表情で、近寄りがたい。

……まあ、わざわざ司書に聞かなくてもいいか。自分で良さそうなのを選べば。

そう思った次の瞬間、司書の手元にある箱が目に飛び込んできた。慣れ親しんだ、深いオレンジ色。洋菓子の箱だ。

中には菓子ではなく、針やハサミが入っている。空き箱を裁縫道具入れにしているのだろう。そのすぐ脇には蓋が表向きに置いてあった。

蜂の巣をイメージした六角形の縁取りデザイン、中央のアカシアの白い花。ハニードームというクッキーの箱だった。わたしが長年勤めていた……呉宮堂の。

わたしは無意識のうち前かがみになり、その箱に見入った。

ふと、司書が顔を上げる。


「何をお探し？」


何をお探し？

その声は思いがけず穏やかで凜としていて、体の奥まで響いてきた。

わたしは何を探しているのだろう。これからの……人生の在り方を？

司書はわたしをじっと見ている。怒っているように思えたその表情は、こうして目を合わせてみると観音像のようなしんとした慈悲が感じられた。

わたしはおずおずと答える。

「囲碁の本を、ちょっと。今日初めてやってみたんだけど、これがなかなか難しくて」

司書はこきっと音を鳴らしながら頭を傾ける。胸元のネームホルダーには「小町さゆり」とあった。小町さんは、針と毛玉を箱の中にしまい、蓋を閉じながら言った。

「囲碁って奥が深いですよね、あれは。単なる陣取りゲームじゃない、生きるか死ぬかということを考えさせられる。一局一局がドラマですよ」

「はあ、そんなに深刻なんですか」

ちっとも娯楽ではないではないか。娯楽や趣味というのはもっとこう、楽しくてウキウキするようなことではないのか。

「いや、わたしにはどうも、向かないかもしれないな」

わたしは頭を掻き、話題を変えた。

「……………お好きなんですか」

ん、と小町さんはわたしに目線をよこす。わたしは箱を指さした。

「呉宮堂のハニードーム。実はわたし、去年までそこに勤めてたんです」

すると小町さんは突然、細い目をカッと開き、フゴォーッと音をさせながら息を吸った。

そして何かに憑依《ひょうい》されたかのような笑顔になり、焦点の定まらない目で歌い出す。

どうどう　どうどう
どうですか　あなたも　わたしも　どうですか
どうどう　どうどう　ハニードーム
呉宮堂ーーぉの　　ハニードームぅーーー！

三十年ぐらい前から流れ続けている、ハニードームのコマーシャルソングだ。

ついたての外には聞こえないぐらいの小さな音量だった。そして、体の大きな彼女から出ているとは思えないほど、か細い裏声だった。小町さんは、最後の「ハニードーム」というところだけ「むぅうううう」と「む」にやたら力を入れた。小さな子どもみたいに、ただただ楽しそうだ。

いきなりだったので最初はギョッとしたが、すぐに嬉しくなって、なんだか涙が出そうになる。

歌い終わると小町さんは、すっと我に返ったように真顔になった。

「この、どうどうというのは、いろいろかけているんですよね。どうですかと、ドームと、呉宮堂のどう。もしかして、英語のDOもそうかしら」

「……ご名答です」

コマーシャルに使われているのはこのフレーズがメインだが、実際はもっと長い歌だ。終盤は英語の歌詞もある。国籍を問わず、老若男女に愛されるようにという願いがこめられている。

小町さんは恭しく頭を下げた。

「素晴らしいお菓子を、ありがとうございます」

わたしは苦笑する。

「いや、わたしが作ったわけではないですから」

そうだ。わたしが作ったわけでもない洋菓子だ。なのに今まで、呉宮堂の社員であることだけを理由に、我が物顔で人に勧めていた。昔も、そして今も、褒められればやはり嬉しい。

でもわたしは、もう……。

「もう呉宮堂の人間ではないですし……」

それだけ言うと、胸がきしんだ。小町さんはわたしを見た。ゆったりしたその空気は、なにもかもを受け入れてくれるような鷹揚《おうよう》な器を感じさせた。

そうだ、わたしはずっと誰かに話を聞いてほしかったのだ。目の前の白くて大きな……失敬な言い方かもしれないが、どこか人間離れしたような小町さんに、心のうちをそっと打ち明けたくなった。

「わたしのような会社人間にとって、定年退職というのは社会から退いたということなんだと実感しています。会社員をしていたころはゆっくり休んでみたいと思うこともあったけど、実際に時間ができたら何をすればいいのかわからなくて。残りの人生が、意味のないものに思えてね」

小町さんは眉毛ひとつ動かさず、穏やかに言った。

「残り、とは？」

わたしは自問する。残りとは。

「残りもの、かな。あまりものというか」

自嘲気味に答えると、小町さんは、今度は反対側にこきっと頭を傾けた。

「たとえば十二個入りのハニードームを十個食べたとして」

「はい？」

「そのとき、箱の中にある二つは『残りもの』なんでしょうか」

「…………」

すぐに声が出なかった。小町さんが投げかけた問いは、核心をついている気がした。しかしそれに対する答えを、わたしはうまく言葉に置き換えられない。

わたしが黙ったままでいると、小町さんはすっと背筋を伸ばしてパソコンの前に座りなおした。ピアノを弾き始めるかのように、キーボードにそっと両手を置く。そして。

ずだだだだだだだだだだあっと、小町さんは驚異的な速さでキーを打った。むくむくした指がどうしてそんなにスピーディーに動くのか不思議だった。口を半開きにしてその姿を眺めていると、小町さんは、ぱあんと勢いよく最後の一手を打つ。とたんにプリンターがかたかた動き出し、紙が一枚出てきた。

差し出されたその紙には、本のタイトルや著者名、棚番号などが表組になって印刷されていた。

『囲碁の基本　守って攻めて』『ゼロからはじめる囲碁講座』『初級・実践囲碁マスター』。

そして一番下に、こんなタイトルがあった。

『げんげと蛙』。

タイトルの隣にカッコ書きで（ジュニアポエム双書20）と記され、著者は草野《くさの》心平《しんぺい》となっている。

ポエム？　たしかに、草野心平は詩人だったはずだ。

しかし、なぜこれを？　囲碁となんの関係があるのだろうか。わたしが紙に目をこらしていると、小町さんはカウンター下にある木製のキャビネットに手を伸ばす。一番下段の引き出しを開け、なにやらごそごそと取り出した。

「どうぞ。あなたには、これ」

グーに握った手をこちらに向けてくる。つられて広げたわたしの手の上に、小町さんは赤い毛玉を載せた。四角い体、小さなふたつのハサミ。

「カニ、ですか」

「付録です」

「付録？」

「ええ、本の付録」

「……はあ」

よくわからない。囲碁のことを聞いているのに、蛙だのカニだの。

足の曲がり具合がなかなかリアルなカニを見ていたら、小町さんが言った。

「これ、羊毛フェルトっていうんですけどね。どんな形にも、どんな大きさにもなるんですよ。いかようにも無限で、ここまで、というのはないの」

羊毛フェルトか。ひとつでもこんな趣味があって、うらやましい。

「こういうのも、仕事っていうのよね。手仕事」

「え？」

何か意味ありげな口調に思えて顔を上げると、小町さんはハニードームの箱の蓋をぱこっと開けた。中から針と毛玉を取り出し、うつむきながらつんつんと作業を再開する。人を寄せ付けないバリアが張られているようで、それ以上話しかけたら申し訳ない雰囲気だった。わたしは仕方なくカニをウエストポーチに入れ、紙を持って本棚に向かった。


小町さんに勧められるままますべての本を借り、わたしは夕食後にそれを持って洋間に入った。かつて娘が使っていた部屋だ。今は家族共用になっていて、半分ほど娘のもの、半分は物置になっている。

三十五歳のとき、分譲マンションの一室を買った。３ＬＤＫの新築だったが、今ではすっかり、あちこちガタがきている。もう来客もほとんどないので、特に困らないところはそのままだ。落ちきれない壁の汚れも、穴の空いた襖も、ギイギイと音のするドアも。和室を夫婦の寝室にして、この部屋の他にもうひとつ洋間があり、そこはパソコンルームになっている。依子の城という感じで、足を踏み入れるのもはばかられてしまう。

千恵が中学生のときに買った勉強机につき、わたしは本を置いた。

囲碁の本をぱらぱらとめくる。自分から求めたものの、どれも食指が動かなかった。生きるか死ぬかのドラマがここにあるとは思えない。

その中で一冊だけ、なんだか間違って借りてしまったような牧歌的な表紙。

『げんげと蛙』。

のんびりとした顔つきの蛙が三匹いる。真ん中に川が流れ、岸には桜を思わせるピンク色。いかにも子どもが手に取りそうな、クレヨンで塗られた明るい絵だった。

本を開き、ページをめくるとまず最初に「詩とのつきあい」と題された序章があった。草野心平ではなく、編者の「さわ・たかし」という人が書いたものらしい。「ジュニア」と名の付くシリーズだけあって子ども向けの優しい語りだが、詩に対しても草野心平に対しても、相当な熱い想いが伝わってくる文章だった。

さわさんは、良いと思う詩に出会ったら、全部でも気に入った一部でも、ノートなどに書き写すことを勧めていた。そうすれば、自分の手作りの詞華集（アンソロジー）ができるというのだ。

「詩人の心、詩人の生きざまにふれるとき、感動はさらに深まります。それは、詩人といっしょに感動すること、詩人といっしょに生きることだといってもいいのです。」

詩人といっしょに生きるとは、大げさな。わたしは首をひねる。

「そしてみなさんも、詩を書きたくなったら、ぜひ書いてください」と続くのを読み、わたしは「いやいや」と思わず声に出して笑ってしまった。

しかし書き写すだけならできそうだ。気に入った一部でもいいといわれて心が楽になったし、アンソロジーという言葉もしゃれている。おそらく囲碁の手を学ぶよりも簡易で、知的なムードが漂っていてこれはなかなかいい。

ノートがあっただろうか。わたしはデスクに備え付けの引き出しを開けた。がさがさとあさっていると、大学ノートが一冊出てくる。最初の二ページに、アルファベットと英短文がいくつか書いてあった。わたしの字だ。

そうだ、かれこれ二十年ほど昔だったか、ＮＨＫのラジオ講座で英語を勉強しようとしたことがあった。わたしにも多少の向学心があったのだ。仕事に役立てられると思った気がするし、趣味にしたかったのかもしれない。でも、「四十過ぎて今さら無理だ」とすぐあきらめてしまった。あのまま一日一ページずつでも勉強していたら今ごろペラペラだっただろうに。

もうこの続きが英語で埋まることはないだろう。わたしはそのページを破って捨て、まっさらなノートを手に入れた。

ノートをくるりと横にして、縦書き仕立てにする。

私は三篇ほど詩を読み、一番初めに出てきた『春のうた』を、ペン立てにあった水性ペンで書き写してみた。

ほっ　まぶしいな。
ほっ　うれしいな。

みずは　つるつる。
かぜは　そよそよ。
ケルルン　クック。
ああいいにおいだ。

詩はまだ続くが、そこでペンを置いた。

四回出てくる「ケルルン　クック」は、蛙の鳴き声だろう。リズムが良く、文字数を合わせているところが秀逸だ。

わたしはしばらく、詩集を読みふけった。

『春のうた』のようなのんきな調子ばかりかと思いきや、作品によってはどことなくさみしかったり、暗い雰囲気も漂っている。

ほどなくして『カジカ』というタイトルの詩にゆきあたった。

「きききききききき　きいるきいるきいるきいるきいる」と、しょっぱなから音感が印象的な詩だ。書き写しながら謎が深まる。

これは何の音だろう。カジカは魚ではなかったか。それとも鹿なのか。説明がないからわからない。それに、「さかい目によるがはさまり」とか「えらの明滅」とか、どういう状況なのか想像もつかなかった。

わたしは「きききききききき」まで書いて、やめた。

どうやら詩の理解も容易ではなかった。もしかしたら、囲碁のルールを覚えるよりも難しいかもしれない。わたしはノートを閉じた。

翌日の午後、依子と一緒に家を出た。

わたしにはなじみのない、エデンという総合スーパーに行くためだ。パソコン教室の生徒が婦人服売り場で働いていると、最近知ったのだという。依子はペーパードライバーなので、歩くには遠いから車を出してほしいと頼まれた。断る理由はどこにもない。

わたしたちはマンションの駐車場に向かった。

「あ、海老川さん!」

植え込みの雑草を抜いていた管理人の海老川さんに、依子が声をかける。海老川さんがこちらを向いた。面長の初老の男性で、前にいた管理人と年明けから交代になったばかりだ。

依子はにこやかに頭を下げた。

「この間は、ありがとうございました。言われた通りに掃除したら、ブレーキ、ずいぶん効くようになって」

先週、駐輪場で会ったときに依子が「自転車のブレーキがあまり効かなくなった」と話したら、ブレーキシューという部分を中性洗剤で掃除するだけで良くなるかもと教えてくれたらしい。

「いえいえ。直ったならよかった。昔、自転車屋をやっていたこともあってね」

海老川さんはゆったりと笑い、雑草抜きを続ける。決して暗い人ではないが、言葉が多いほうではない。

エントランスを出ると、依子が言った。

「海老川さんって、外でばったり会うと、違う人みたいなのよね。私服だといつもオシャレなニット帽子かぶってるせいかもしれないけど」

「違う人？」

「うん。なんていうか、こう……仙人みたいな？　俗世間から離れた感じというか。ユニフォーム着て窓口に座ってるぶんには、ふつうの管理人のおじさんなんだけどね」

エデンに着き、パーキングに車を停めると、依子は真っ先に二階の婦人服売り場へわたしを誘導した。

「朋香ちゃん」

呼ばれた女性店員が、依子を見て顔をほころばせた。

「権野先生！　ホントに来てくれたんだ。いらっしゃいませ」

「ホントに来ちゃった。この人、私の夫。正雄さん」

朋香さんは両手をおなかのあたりで合わせ、きれいなお辞儀をする。

「はじめまして。いつも権野先生にお世話になってます」

「いやいや、こちらこそ、家内がお世話になっております」

矢北先生に続き、まただ。

わたしはもう、依子を通じてしか社会と繫がれなくなっている。

依子は洋服を選び始めた。わたしは手持無沙汰でそのあたりのブラウスだのスカートだのを眺める。

朋香さんは二十代前半というところだろう。ハキハキしていて健康的なお嬢さんだ。なんといっても、自分の仕事に明るい意気込みが感じられる。

「これ、試着してもいいかしら」

依子がワンピースを手に言った。朋香さんが「ええ、もちろん」と試着室のカーテンを開ける。

わたしとふたりになると朋香さんは自然に話しかけてきた。

「いいですね、ご夫婦でお買い物なんて。仲がいいんですね」

「いやあ、わたしが家にいるようになって、あっちは迷惑しているかもしれないよ。わたしは家事もぜんぜんできなくてね。料理ぐらいはと思うんだけど、なかなか」

朋香さんは少しだけ何かを思いめぐらせ、清潔な笑顔を見せた。

「……おにぎり、とか作ってみたらいかがですか」

「おにぎり？　そんなものでいいのかな」

「喜ぶと思います。男の人の作ったおにぎりって、ごはんがしっかり握られてて美味しいんですよ。握力の強さとか手の大きさのせいかな。権野先生、ご主人がおにぎり作ってくれたらきっと、きゅんとしますよ」

「きゅんと、ですか」

わたしは笑って問いかける。

「おにぎり、朋香さんも彼氏に作ってもらったのかな」

朋香さんはぱあっと真っ赤になり、しかし、否定はしなかった。


試着したワンピースと、猫がプリントされたTシャツを買い、依子は食品売り場へわたしを引っ張っていった。

「ここで今晩のおかずを買っていきましょう」

刺身でも食べたいと魚売り場へ行く。

切り身や貝が冷蔵されているガラスケースの隣に、小ぶりの台がある。そこで何かが動いた気がした。目をやると、透明の四角いプラスチック容器にサワガニがいる。

小町さんにカニをもらったことを思い出し、わたしはその生き物をまじまじと見た。五、六十匹ほどいるだろうか。少量の水につかりながら、身を寄せ合っている。ひらべったい体にくっついた小さなハサミを、何かの合図のように振る者もいた。

ひょいと目線を上げ、わたしは衝撃を受けた。

カットした発泡スチロールの板に赤で目立つように「サワガニ」と大きく書かれ、その下に一回り小さめの黒い文字でこう続いていたのだ。

「唐揚げに！　ペットに！」

…………ペットに。

ここは食品売り場だから、むろん、食べ物として売られているのだ。しかし「ペット」という選択肢があることをいきなり思い出させられると、気持ちのやり場に困る。

――――食われるか、愛でられるか。

ここにいるカニたちは、まったく違う岐路に立たされている。

プラスチック容器の中でうごめくカニの運命を想い、わたしは喉のあたりがぐっと苦しくなった。

会社にとってわたしは、どちらだったのだろう。箱の中にいるうちは部長部長と持ち上げられ、結局は会社という組織に食われて終わったのか。

刺身を吟味していた依子がふらっと振り向く。

「ねえ、アジとサンマ、どっちが……あら、サワガニ？」

依子は興味深そうにのぞきこむ。

「だめだ」

わたしは絞り出すように言う。

「だめだ、まだ生きてるんだ。食べないぞ」

「じゃあ、飼う？」

冗談めかして依子が言った。

それはそれで、どうなんだろう。

カニたちにとって、狭いケースの中で退屈な一生を送ることは幸せなんだろうか。だったら、食物連鎖の渦に巻かれることのほうが本望なのでは。いや、そんなふうに思うのも人間のエゴか。

わたしが黙っていると、依子のラインが着信した。

「あ、千恵《ちえ》だ」

スマホを操りながら依子が明るい声を上げる。

「頼んでた本、届いたって。ねえ、やっぱり食材買うのはやめにして、千恵のとこ寄っていきましょうよ。早番だったら四時ぐらいに上がるから、一緒にご飯食べられるかも」

萎えかけていた気持ちが、少しふくらんだ。わたしは去り際にサワガニをもう一度見て、彼らの幸せを祈った。それがどんなことか、わからなかったけれども。

ひとり娘の千恵は、駅前の本屋で働いている。

明森書店というチェーン店だ。二十七歳、独身。大学を卒業して、契約社員として入社した。そしてそれを機に、千恵はアパートで独り暮らしを始めた。

依子はなんだかんだと、しょっちゅうこの書店に顔を出しているらしいが、わたしはめったに来ることはない。なんとなく、親が子の職場をのぞくというのは気が引けた。

店に行くと、千恵は文庫棚の前で接客をしていた。老婦人が何か訊ねているようだ。わたしと依子は、離れたところでそれを少しの間見ていた。家では見せない表情だ。柔和な、でもどこかきりりっと澄んだ笑顔。

老婦人は納得したようにうなずき、本を片手にお辞儀をしてレジに向かう。笑顔で見送る千恵が、わたしたちに気がついた。

千恵は白い襟付きシャツに深緑のエプロンをしていた。制服というものはないようだが、それが決まりらしい。さっぱりしたショートヘアに、よく似合っている。

わたしたちが千恵のところに歩いていくと、千恵は書棚を指さして言った。

「このPOP、私が作ったんだ」

表紙を面に向けて陳列されている本の隣に、ハガキ大のカードが貼ってあった。本のタイトルと、どんなふうに面白いかが勢いよく端的に書かれている。

上手ねえ、と依子が言い、千恵は得意げな顔になった。

「POP大事だよ。売れ行き違ってくるもん。これでその本を知ってくれたり、何か感じてくれるお客さんもいるんだよ」

そうだろうな。わたしはスーパーで見たサワガニを思い出す。発泡スチロールの板にあんなことが書いていなかったら、わたしはカニの運命のことなど考えることはなかったかもしれない。依子が言った。

「何時に終わるの？　早番だったら、三人でごはん食べに行かない？」

千恵は「あー」と顔を揺らす。

「今日は遅番なの。イベントの準備もあるし」

書店勤めは体力勝負だ。立ち仕事だし、本は重いし、一日中あらゆる対応に追われるらしい。腰を痛めて入院した同僚がいると、依子から聞いたこともあった。わたしは心配になる。

「大変だな。体壊すなよ」

「大丈夫、明日はお休みだから」

快活に答える千恵は、嬉しそうだ。

休み、か。

そういえば、退職してわかったことがもうひとつあった。

仕事をしていないということは、休みがないということなのだ。働くからこそ、休日は生まれる。前日のあの解放感を味わうことは、わたしにはもうない。

千恵が依子に顔を向ける。

「本、取りに来たんだよね」

「うん。あ、欲しい雑誌もあったんだ。ちょっと待ってて、取ってくる」

依子が足早に雑誌コーナーへ向かった。わたしも何か買ったほうがいいのだろうかと思ったが、欲しい本など思いつかない。とっさに、こう聞いていた。

「詩集とか、どこにあるんだ？」

千恵は意外そうに目を開く。

「詩集？　たとえば誰の」

「草野心平とか」

千恵はふわっと笑顔になった。

「ああ、私も好き。小学校の国語の教科書に載ってた。ケルルン、クックっていうの」

「春のうた、だな」

「そうそう。お父さん、やるじゃない」

わたしはすっかり気をよくして、千恵の後ろをついて歩く。

児童書のコーナーに案内され、今借りているのと同じ『げんげと蛙』を見つけてわたしは取り出した。ページをめくり、千恵に訊ねる。

「この、カジカっていうのは何なのかな。知ってるか」

「たしか、蛙じゃないかな。カジカガエル」

すごい。あっというまに謎が解けた。これも蛙だったのか。

「小学校のとき、先生が草野心平の他の詩も読みましょうって、いくつか教えてくれたの。それで知った。本のタイトルのげんげは、レンゲのことよね」

「そうなのか。いや、この人の詩、時々わけがわからなくてな」

「わからなくても、詩っていうのは、こむつかしいこと考えないで雰囲気で読めばいいのよ。好きなようにイメージして」

依子が分厚い婦人雑誌を持ってくる。わたしは本を棚に戻した。

「これこれ。付録のバッグが欲しくって」

分厚く見えたのは、付録が挟まっているからか。小町さんにもらった「付録」も、そういえばここに入れたはずだと、わたしはウエストポーチを開いた。中から赤いカニが顔をのぞかせる。

「あ、カニだ」

千恵が見つけて声を上げた。なぜだか頬を紅潮させている。

「欲しいか?」

「……………うん」

千恵はうなずく。わたしが渡すと、嬉しそうにカニを手に取った。心がふっとやわらぐ。こんなものを喜ぶなんて、まだまだ子どもだ。

結局、依子とふたりで外食をすませて帰宅し、わたしはまた洋間で『げんげと蛙』を開いた。

カジカが蛙だとわかると、じつに趣があった。

そうか、蛙が鳴いているのか。

「ケルルン　クック」というような、春の喜びに満ちあふれた鳴き声ではないところが奥深い。

「さかい目」も「えらの明滅」もやっぱりよくわからないが、夜の暗がりの中、水のしたたるような光景がなんとなく広がってくる。何かが……世界が、ぱくぱくと開閉しながら光っている感じだ。そこに奇妙でせつなく、それでいてどこか気の抜けるような、蛙の鳴き声が響いている――。

……おお。

これが「詩の鑑賞」というものだろうか。楽しい。わたしにもいくぶん、そっち方面の才能があるのかもしれない。

そこからゆっくりとページをめくりながら読み進め、わたしはある作品に目を留めた。

『窓』というタイトルだ。この詩集の中では珍しく長めの作品だった。

波はよせ。

波はかえし。

波は古びた石垣をなめ。

陽の照らないこの入江に。

波はよせ。

波はかえし。

下駄や藁屑《わらくず》や。

油のすじ。


下駄、藁屑、油……。陽の当らない入り江に、人間の捨てたゴミが集まっている光景だろうか。

このあとこの作品は、「波はよせ。波はかえし」が何度も繰り返されている。なるほど、波の動きを感じさせる詩だ。

はるか遠くの外洋から目の前の入り江まで、寄せては返す波。雄大な海の風景に想いを馳せる。波はよせ。波はかえし。

だが、しかし。

どうしてこの詩のタイトルは『窓』なんだ?

波の情景だけがたんたんと描写されているのに、波ではなく、窓。

詩はまだ続く。後半は波の光景だけでなく「愛や憎悪や悪徳」なんて言葉も出てくる。

わたしはその作品を最後まで一文字ずつ、ていねいに読んだ。そして三ページにわたるその詩をすべてノートに書き写し、何度も繰り返し目で追った。

次の月曜日。

囲碁教室に行くのは気が向かなかったが、受講料を無駄にするのは気が引ける。今日まで行って次回から辞退しようと、わたしは出かける支度をした。

依子は海老川さんの帽子がオシャレだと言っていたな。わたしも、オシャレのひとつもするべきか。帽子がどこにあるか依子に訊ねようとしたが、彼女はちょうどクリーニング屋に行っている。

クローゼットの隅に追いやられている小箱に、黒いキャップを見つけた。何年か前、景品でもらったやつだ。わたしはそれをかぶり、靴を履いて外に出た。

羽鳥小学校に着く。正門の前を通りすぎ、塀に沿って歩いていると、校庭にいる子どもたちの元気な声が聞こえてきた。

立ち止まり、塀から校庭を見る。体育の授業中なのだろう。あれは三年生か四年生ぐらいか。半袖半ズボンの体操服を着て、みんなで準備運動をしている。

可愛いな。千恵にもあんな頃があった。

授業参観に行くと、後ろにいるわたしを見つけ、声は出さず「お父さーん」と口を動かして先生に注意されたりして。嬉しかったな。

ふふふ、と笑みがこぼれる。あっというまだなあ、子どもが子どもでいるのも。

そのとき、横から鋭い視線を感じた。そちらを向くと、若い警察官がわたしをじっと見ている。思わず目をそらし、立ち去ろうとしたら「ちょっと」と声をかけられた。

後ろ暗いことは何もないのだが、なんだか急に怖くなった。わたしは聞こえないふりをして足を速める。

「待ちなさい！」

警察官の叫ぶ声に、わたしはびくっと体を震わせた。こんな若い男性に大声で命令されるなんて初めてのことで、いろいろな気持ちが混ざり合う。

わたしが立ち止まって硬直していると、警察官は寄ってきて厳しい顔で言った。

「おじいちゃん、今、逃げたよね？」

おじいちゃん……。

打ちのめされた。他人から見たわたしの姿は、もう老人であったのだ。警察官は鋭い目を光らせる。

「ちょっといろいろ聞かせてもらいますよ。お名前は?」

「……権野……正雄です」

「ご職業は?」

わたしは口をつぐむ。無職です。そう答えなくてはいけない。悲しくなってうつむいていると、警察官は責めるように言った。

「身分証明書を見せてもらえますか」

ウエストポーチに手を入れ、はっとした。普段、免許証も保険証も財布に入れている。今日は近場だからと気を抜いて、財布ではなく小銭入れしか持ってこなかった。

茫然自失《ぼうぜんじしつ》。うつろな目をしたわたしに、警察官が「どうしたの?」と言いながら、また一歩近づいてきた。


結局、スマホは持っていたので依子に電話をして迎えに来てもらった。家に戻ってきてくれていてほんとうに助かった。わたしと自分の免許証を持ってきた依子がちゃきちゃきと話してくれたおかげで、わたしはすぐに無罪放免となった。

とっくに始まっている囲碁教室にはもう、行く気になれなかった。帰り道を歩きながら依子がぶうぶうと文句を言っている。

「あのお巡りさんも失礼しちゃうけど、正雄さんも正雄さんよ。何をおどおどしてるのよ」

「だって……。驚いたんだ。急にあんな、犯罪者みたいな扱い受けて。ただ子どもたちを可愛いなあって見てただけなのに」

依子は「うーん」と眉をひそめた。

「でもまあ、平日の昼間に、そんな恰好の男がニヤニヤ子ども見てたら怪しまれても仕方ないわよ。子ども狙った事件が多いからね」

「そんな恰好って」

わたしはびっくりして目を見開いた。いたって健全な普段着のはずだ。しかも、帽子をかぶってオシャレまでしたつもりだったのだ。依子はわたしの頭を指さす。

「まず、そのキャップ。目深にかぶりすぎよ。怪しさ満載」

「えええ?」

「くたびれたポロシャツにスウェット。部屋着のままでしょ、それ」

そこまで言うと、依子はひとりごとのようにつぶやいた。

「それに、なんでスウェットで革靴を履いちゃうかなあ」

だってわたしは、新品のスニーカーよりも、会社員だったころの履き慣れた革靴のほうが楽なのだ。和室に入るときにだって脱ぎやすい。しかし、不審者かどうか、恰好で判断されてしまうのか。スーツだったら大丈夫なのか。わたしは恐る恐る訊ねる。

「スウェットに革靴って、そんなに変か」

「それをカッコよく組み合わせるには、相当ハイレベルなセンスが必要よ」

そこまで聞いて、はたと気がついた。依子は、わたしの服装センスが気に入らないのだ。今までだって、着ようと思って出しておいたシャツがいつのまにか違うものに変わっていたり、何度か遠回しに「そのウエストポーチ、好きなの？」と聞かれたりした。はっきりとセンスが悪いと言われたことはないが、ぎりぎりのところで耐えていたのかもしれない。矢北先生の言っていた「熟年離婚」という言葉が頭をかすめる。今まで我慢していたことが、一気に許せなくなる……。

「とにかく、一番ダメなのはお巡りさん見て逃げちゃうことよ」

「逃げたわけじゃないぞ。あっちが勝手に」

おじいちゃんと呼ばれたことを思い出し、また落ち込みそうになる。それは依子には言わずにおこうと決め、わたしは足元の革靴をせつなく見つめた。

数日後、段ボール箱いっぱいの甘夏が届いた。愛媛で農園を営んでいる依子の親戚からだ。

「うわー、すごい。これ、海老川さんにもおすそ分けしましょうよ。ちょうどよかった。ブレーキのこと教えてくれたお礼」

依子は形のよさそうな甘夏をいくつか選り分け、ビニール袋に入れた。

「はい。持って行って」

「え」

「自転車、正雄さんも乗るでしょ」

「まあ、それはそうだが」

それに、暇でしょ。

依子はそうは言わないが、そう思っているように感じる。

わたしは甘夏の入ったビニール袋を持ち、管理人室に向かった。


管理人室はエントランスの出入口近くにある。

窓口の奥が小部屋になっている、よくあるタイプだ。スライド式のガラス窓はいつも閉じられており、必要があれば管理人が中から開けて対応するようになっていた。

海老川さんは、窓の向こうで斜めに座り、なにかぼんやりと眺めていた。

わたしが近づいていくとふと顔を上げる。わたしはガラス越しに「海老川さん」と声をかけた。

海老川さんは立ち上がり、わざわざ管理人室のドアを開けて姿を現した。わたしは戸口でビニール袋を差し出す。

「愛媛の親戚から甘夏がたくさん届きましてね。少しですがどうぞ」

「これはどうも」

甘夏を受け取る海老川さんの後ろに、モニターがあった。防犯カメラの映像が映っているらしい。これを眺めていたのか。海老川さんは言った。

「あ、権野さんち、水羊羹《ようかん》は好きかな」

「ええ、まあ」

「一昨日いただいたんだけど、実はあんこが苦手でね。もらってもらえると助かる。ちょっと待っててください」

それも誰かからのお礼だろうか。いろんなものもらうんだな。甘夏も好きではなかったらどうしよう。

そんなことを思いながら立っているわたしに背を向け、海老川さんは中に向かった。

初めてのぞいた管理人室は、思ったより広く感じられた。外から見ているぶんには海老川さんが座るスペースぐらいしかないように見えるが、奥には小さな流しや収納棚まである。

ファイルの詰まったラック、デスクの上の書類の山、壁にかかったホワイトボード。立派な「オフィス」だった。

そして目の前には、大きなガラスの窓。

「…………窓」

わたしは無意識につぶやいていた。

和菓子屋の紙袋を手にした海老川さんが振り返る。わたしは取り繕って言った。

「あ、いや。管理人の仕事って、どんなことをするのかなと思って。定年退職して時間をもてあましていまして、いい雇用先があればと」

その場しのぎの言葉だったが、口にしてみるとあながちでたらめでもなかった。体が元気で時間があって、無職であることがつらいなら、また働けばいいのだ。そんなことは充分わかっていた。

しかし、会社勤めしかしてこなかった自分が、定年後に再就職先とする場所はなかなか考えつかない。六十歳で退職せず、六十五歳ぎりぎりまで継続雇用を希望したのだってそういう理由からだ。

海老川さんは小さく「どうぞ」と言った。わたしは中へ足を踏み入れる。

「ここ、住人の方は原則として立ち入り禁止なんですよ。もし何か聞かれたら、管理組合の向上について相談をしていたとか言ってくださいね」

そして少しの間、海老川さんは管理人の仕事について教えてくれた。業務内容や時給のこと、どういうところで募集をかけているか。彼はわたしのひとつ年上だった。

窓の外では、右へ、左へと人々が行き交う。

住人、来訪者、宅配便業者。

子ども、大人、老人。

その風景を見ていたら、『窓』の詩が思い出された。

波はよせ。波はかえし。

海老川さんはこうやって、どんな日も毎日、人の波を窓から見ているんだな。

毎日、繰り返し繰り返し続く、人々の生活、営みを。わたしは言った。

「いろんな人が、通っていきますね」

「ええ。不思議なものでね、ガラス一枚隔てているだけなのに、こちら側とあちら側を、まったく異世界に感じるんですよ。水族館の水槽の中を見ているみたいに、魚が泳いでいるように感じる。でもあちら側からは、この管理人室こそ小さな水槽に見えるんでしょうな」

海老川さんは笑った。

たしかに、そうかもしれない。無機質なガラスは、生き物の気配をあっさりと遮断する。少し前に、エントランス付近で大声でケンカしている若夫婦を見たことがある。窓の向こうに人がいるという意識が薄かったのだろう。彼らは私に気づいてはっと話をやめたが、その前に海老川さんには全部聞こえていたかもしれない。

背中の丸まったおばあさんがエントランスに向かってゆっくり通り過ぎる。こちらに向かってぺこんとお辞儀をした。海老川さんにつられてわたしも一緒にお辞儀をし返す。

顔は見たことがあるが、どの階の住人かわからない。海老川さんは言った。

「ああ、よかった。今日もお元気そうだ。だいたい同じぐらいの時間にここを通るんですよ。おひとりで住んでいらっしゃるからね、気にかけてる。私は一時期、整体師をしていたこともあったから、歩き方で体調がちょっとだけわかるんです」

わたしは目を見開いた。

「海老川さん、自転車屋さんだけじゃなくて整体師もやっていらしたんですか」

海老川さんはハハッと笑う。

「いろんな職を転々としてました。やってみたいなって思うともう、いてもたってもいられなくなってしまう性分で」

「へえ……。でもそれが、のちのち役に立つんだから、素晴らしいですね」

感心しているわたしに、海老川さんはのんびりと答えた。

「でも、何かを始めるときにはそれが後から役に立つかどうかなんて、考えたことないですよ。ただ、心が動いたら、それだけでトライする理由になると思うんです」

心が動く。

わたしは、そんな気持ちになったことがあっただろうか。海老川さんは続ける。

「どれくらい職を変わったかな。サラリーマンだった時代もあるけど、それだっていくつも会社渡り歩いたし。製紙工場にハウスクリーニングに、保険屋、自転車屋、ラーメン屋。ああ、骨董屋もやったな」

「骨董屋を。へえ」

海老川さんはくしゃりと顔をゆがめ、でも楽しそうに言った。

「あれは一番儲からなかったな、面白かったけどね。最後は借金抱えて店じまい。遠縁の親戚のところに仕事を世話してもらいに行ってる間、金を借りてた知り合いに逃げたと思われて、警察が私を捜索して回ってたって。そのあとちゃんと働いて返すもん返したけど、当時の常連客の間では、最近まで逃亡者と思われてたらしいです。警察ってのは騒ぐだけ騒いで、解決したってことは言って回ってくれないからな」

職務質問されたことが思い出されて、わたしはぶんぶんと首を縦に振る。

しかし海老川さんは穏やかに続けた。

「でも警察はちゃんとやるべき仕事をしてただけですからね。知り合いに連絡しなかった私が悪い」

わたしは振っていた首を止める。そうだ。あの若い警察官も、やるべき仕事をしていただけだ。子どもたちを守るために。立派じゃないか。

「今は誤解が解けたんですか」

わたしが訊ねると、海老川さんはふっと優しい笑みを浮かべた。

「ええ。不動産の仕事してる常連客のひとりが、ここの管理会社とつながってってね。偶然顔を合わせる機会があって。昔、店によく来てた当時の高校生が今、アンティークショップを開く準備してるって聞きました。あのころはまだ十代だったのに、もう三十半ばだって。私はダメだったけど、誰かの人生に店を開くきっかけを与えられたなら、まあ、よかったかな」

わたしは海老川さんの横顔を見た。刻まれた皺。乾いた皮膚。

彼はどこか達観していて、依子の言うように、まるで仙人みたいだった。

海老川さんは、いろんな職を、そしていろんな出来事を経験しながら、誰かの人生を明るく変えるような偉業を成し遂げたのだ。きっとその高校生だけじゃなく、たくさんの人に光をもたらしたに違いない。

わたしはうつむいた。

「……すごいな。わたしは今まで、ずっと同じ職場で任じられた仕事をこなしていただけです。海老川さんのように、生きざまが誰かに影響を与えるようなことは、なにも。会社を辞めたとたん、社会から無用の存在になってしまった」

すると海老川さんは、やわらかく笑った。

「社会って、なんでしょうね。権野さんにとって、会社が社会ですか」

胸に何か刺さったようで、わたしは心臓のあたりを手で押さえた。海老川さんは顎の先を少し窓に向ける。

「何かに属するって曖昧なもんです。同じ場所にいても、こんなふうに透明な板を挟んだだけでその向こうのことは自分とは関係ないような気持ちになりますよね。この仕切りを外せば、とたんに当事者になるのに。見てるのも見られてるのも、同じことなのにね」

海老川さんは、わたしの顔をじっと見た。

「私はね、権野さん。人と人が関わるのならそれはすべて社会だと思うんです。接点を持つことによって起こる何かが、過去でも未来でも」

接点を持つことによって起こる何かが、過去でも未来でも……。

仙人の言葉はなんだか高度で、わたしにはうまく呑み込めなかった。

でも海老川さんの言うように、わたしにとって社会は会社だったのかもしれない。そしてそれはもう、窓の外だと思っていた。ガラス越しにぼんやりと眺めるしかない、見えるのに触れられない世界。

たとえばこのマンションで普段、窓のあちら側を歩いているわたしは、今、こちら側で海老川さんと話をしている。

海老川さんの言葉どおりに考えるなら、彼と接点を持っている今のわたしにとってこの場所も……社会なのか？

波はよせ。波はかえし。波は古びた石垣をなめ――――。

社会に荒波はつきものだ。

草野心平は、どこの窓から海を見つめていたのだろう。

なぜ浜辺ではなく窓からだったのだろう。

それは海の美しさも恐ろしさも知っていたからではないか。だからあえて、ガラスを隔て、その世界を他者として傍観してみたかったのではないか。

もちろん、こんなことは単なるわたしの想像だ。

だけどわたしは少しだけ、ほんの少しだけ……。彼といっしょに、生きた気がした。

翌日の昼、わたしはひとりで駅ビルの明森書店に行った。依子には言わずに来たが、甘夏をふたつ持ってきたので今ごろばれているかもしれない。

千恵は文庫コーナーで本の乱れをなおしているところだった。声をかけると、「最近よく来るね！」と笑った。

平積みされた文庫の山に、明るいピンク色のPOPが立っている。葉のイラストが描かれ、『ピンクのプラタナス』という文字が立体的にデザインされていた。

「これも、千恵が作ったのか」

「うん。彼方みづえ先生のピンプラ。映画公開、発表されたから」

文庫の帯に、人気女優ふたりの顔写真が載っている。彼女たちが主演するのだろう。千恵はうっとりと言った。

「ホントにいいのよねえ、この小説。何気ない会話にぐっとくるのよ。女性読者だけじゃなくて、お父さんぐらいのおじさんが感動して泣いたって言ってくるの。雑誌連載で終わらないでちゃんと本になると、内容は同じでも手に取る読者層が広がるんだよね、素敵なことだよね」

へえ、とわたしは興奮気味な千恵を見る。千恵は言った。

「本買いに来たの？」

「いや……。ちょっと、おまえに聞きたいことがあってな」

千恵は目をくるっと動かし、小声になった。

「もうちょっとで休憩だから待ってて。お昼ごはん食べようよ」


昼休憩は、四十五分間だという。エプロンを外した千恵とふたりで、駅ビルのレストランフロアに行った。蕎麦屋に入り、テーブル席で向かい合う。

温かいほうじ茶を一口飲み、千恵はふうと息をついた。

「忙しいのか」

「今日はそれほどでも」

湯呑を持っている指の爪が、短く切りそろえられていた。大学のころは、長い爪になにやらいろんな色を塗っていた気がする。千恵は弱く笑った。

「正社員登用の話があったんだけどね、やっぱりだめだった」

千恵は今年で勤めて五年になるはずだが、契約社員から正社員になるのは難しいと聞いていた。書店業界はなかなか厳しいらしい。

「……そうか。残念だったな」

「ううん、働けるだけありがたい」

蕎麦が運ばれてきた。千恵は天ぷら蕎麦、わたしはきつねうどんだ。

「書店、減ってるっていうもんな。今、本って売れないから」

揚げを汁に浸しながらわたしが言うと、千恵はむっと顔を曇らせた。

「やめて。みんながわかったような口ぶりでそう言うから、そんな流れになっちゃうんだよ。本を必要としている人はいつもいるの。誰かにとって大切な一冊になる本との出会いが、本屋にはあるんだよ。私は絶対、この世から本屋を絶やさせたりしない」

千恵はずずっと蕎麦をすすった。

正社員になれないとぼやきながら、そんな壮大なことを考えているのか。

心が動くって、そういうことなのかもしれない。本当に好きなんだな、本が。そして、本屋の仕事が。

「……ごめん。千恵、がんばってるのにな。父さんよりずっと立派だ」

わたしが箸を止めると、千恵はかぶりを振る。

「ひとつの会社で最後までずっと勤め続けたお父さんだって、すごいよ。がんばったよ。呉宮堂のハニードーム、みんな大好きだし」

「いや、父さんが作った菓子じゃないから」

小町さんともそんな会話をしたなと思いながら、わたしはまた箸を動かす。千恵はぎゅっと眉をひそめた。

「えー？　それを言うなら、私が書いた本なんて一冊も売ってないよ。でも、私がこれがいい！って思った本が売れたら、めちゃくちゃ嬉しい。だからＰＯＰにも気合が入るの。自分が推す本って、気持ち的にはちょっとだけ、私の本ってぐらいに思ってるよ」

千恵は天ぷらにかぶりつく。

「作る人がいるだけじゃ、だめなのよ。伝えて、手渡す人がいなきゃ。一冊の本が出来上がるところから読者の元に行くまでの間に、いったいどれだけ多くの人が関わってると思う？　私もその流れの一部なんだって、そこには誇りを持ってる」

わたしは千恵を見た。こんなふうに、ちゃんと向き合って仕事の話をしてきたことなんかなかった。いつのまにこんなに……大人になって。

わたしが作ったんじゃないハニードーム。でもわたしも千恵のように、素晴らしい菓子だと熱意を持って勧めてきた。誰かが美味しいと顔をほころばせる瞬間にたどりつくまで、その流れの一部になれていたことがたしかにあったかもしれない。そう思うと、わたしの四十二年間も報われる気がした。

「あ、そうだ。そういえばさ」

蕎麦をあらかた食べ終えたところで、千恵はトートバッグに手をかけた。中から本を取り出す。『げんげと蛙』だ。

「お父さんが草野心平を読んでるなんて聞いて嬉しくなって、買っちゃった」

千恵は本を開き、ぱらぱらとめくった。

「この『窓』って詩がいいよね。この詩集の中で、ちょっと異質な感じがする」

親子で同じ詩に心を留めたことが嬉しくて、わたしは訊ねる。

「これ、なんで『窓』ってタイトルなのか、不思議にならなかったか」

ページに目を落としたまま千恵は、うーん、と唸った。

「私の想像だけど。民宿に泊まってさ、窓を開けたら海！ってなって、感動したんじゃない？　それまで部屋の中しか見てなかったのが、外にこんな世界が広がってるって知って。窓辺で潮風に吹かれながら、雄大な海に人生を重ねてたのよ」

最後のほうはイメージの世界に身をゆだねるようにして、本を開いたまま胸に押しあてる。驚いた。同じ文章なのに、わたしとはまるで違う風景を千恵は見ているのだ。

千恵といっしょに生きる草野心平は、ずいぶんと明るくてポジティブだ。

詩っていいいな。わたしは心から、そう思った。

実際のところは草野心平にしかわからない。でも読んだ人それぞれの解釈があって、それがいい。千恵は本を閉じ、表紙の蛙をそっとなでた。

「私にとっては、自分が読者として本を買うことも流れの一部なんだよね。出版界を回してるのって、本に携わる仕事をしている人だけじゃなくて、なんといってもいちばんは読者だもん。作る人と売る人と読む人、本って全員のものでしょ。社会ってこういうことだなあって思うんだ」

――社会。

千恵の口から出たその言葉に、はっとした。

世界を回しているのは……仕事をしている人だけじゃなくて……。

千恵は本をバッグにしまう。そのとき、バッグにあのカニがくっついているのが見えた。

わたしが思わず「それ」と指さすと、千恵はあどけない表情を見せた。

「あっ、これ。可愛いから、裏に安全ピンつけてバッジにしたの。いいでしょ」

よかった。このカニも、わたしの手元にあるよりもずっと楽しく生きられて本望だろう。

千恵はカニを見ながらほほえむ。

「……小学校のときさ、親子カニ競走ってやったじゃない？」

「カニ競走？」

わたしがきょとんと聞き返すと、千恵は笑った。

「覚えてない？　三年生のときよ。運動会の親子競技。背中合わせになって、カニ歩きで競走するやつ。結果はビリだったけど」

「そ、そうだったな」

「お父さん、あのとき言ったんだよ。カニ歩きするとおもしろいな、景色が横に通り過ぎていくの、いつもより広い世界が見えるなって。横歩きってワイドビューになるでしょ」

ぼんやりと、そんなこと言ったかなと思う。でもきっと、千恵の記憶が正しいのだろう。

「私、大人になってから、お父さんのあの言葉を時々思い出すんだよね。前ばっかり見てると、視野が狭くなるの。だから、行きづまって悩んだときにふっと、見方を広く変えてみよう、肩の力を抜いてカニ歩きしてみようって思うの」

千恵はちょっと照れ臭そうにうつむいた。

そんなふうに、思っていてくれたのか。

わたしは胸がいっぱいになって、泣きたいのを必死でこらえた。

長い間、ずっと気がかりだったんだ。

おまえが大きくなるまで、仕事ばかりで依子に育児を任せきりだった。

一緒に過ごす想い出が少なかったかもしれない。わたしは娘に、何も教えてやれなかったかもしれないと。

――人と人が関わるのならそれはすべて社会だと思うんです。接点を持つことによって起こる何かが、過去でも未来でも。

海老川さんの言っていたことがようやく理解できた気がする。

会社だけじゃない。親子の間にもちゃんと「社会」があったのではないか。幼いころにわたしが何気なく口にした言葉を、大切に解釈して自分のものにしてくれた千恵。成長したその姿に大きく心を揺さぶられるわたし。

千恵のバッグで、動き出さんばかりのカニが私を見ている。

わたしはこれまでずっと、前へ前へと歩いてきた。人生は縦に伸びているものだと思っていた。

でも今、横歩きの景色には何が見えるだろう。

そばにいてくれる娘が、妻が、日々の生活が、どんなふうに映るだろう。

千恵が店員に向かって片手を挙げ、ほうじ茶のお代わりを頼む。そして思い出したようにわたしを見た。

「そういえば、聞きたいことって何？」

数日後の昼下がり、コミュニティハウスの図書室へ本の返却に行った。

レファレンスコーナーのついたてにもなっている掲示板に、先日の緑シャツの男性スタッフがポスターを貼っている。

「浩弥さん、もうちょっと右に上げて」

少し離れたところから、のぞみさんが指示を出す。浩弥と呼ばれた彼は、右上の画鋲をひとつ外して位置を整えた。

司書一日体験。そういうイベントをやるらしい。本を開く羊の絵が描かれている。渦巻き状の角は、それ自体も生き物のようだ。ちょっとミステリアスでぱっと目をひく、不思議な魅力のある絵だった。

わたしは「こんにちは」と声をかけながら、そこを通り過ぎる。のぞみさんが「あっ、こんにちは」と笑顔を見せた。

ついたての向こう。

そこには果たして、針を動かす小町さんが座っていた。わたしに気づくと、小町さんは手を止める。視線の先が、わたしの持っている紙袋に……呉宮堂のロゴに、集中した。

「差し入れです、どうぞ」

わたしは紙袋から箱を出す。ハニードーム、十二個入りだ。

小町さんは両手を頬にあて「……嬉しい」と息を漏らした。

わたしはこれからも、自信と誇りを持ってハニードームを伝えよう、食べ続けよう。

だって気持ち的には、わたしのハニードームだ。

立ち上がって「ありがとうございます」と箱を受け取る小町さんに、わたしは言った。

「小町さん、言ってたでしょう。十二個入りのハニードームを十個食べたとして、箱の中にある二つは『残りもの』なんでしょうかって。わたしはその答えがわかったみたいです」

箱を持ったまま、小町さんがわたしを見る。わたしは微笑んだ。

「箱の中にあるふたつは、ひとつめに食べたハニードームと何も違わない。どのハニードームも、等しく素晴らしい」

そうだ。今ならよくわかる。

わたしが生まれた日と、ここに立っている今日、そしてこれから来るたくさんの明日。

どの日だって、一日の大切さになんの違いもない。

小町さんは満足そうに、にぃーっと笑い、箱を抱えて椅子に座った。

わたしはゆっくりと問いかけた。

「ひとつ、お訊ねしたい」

「なんでしょう」

「その、付録についてですが……。どうやって選んでいるんですか」

選書に関しては、この利用者にはこれがふさわしいと、小町さんの長年の経験や勘からくるものがあるのだろう。でも、スーパーでサワガニを見つけることや、親子カニ歩き競走の話なんて、小町さんが知る由もない。

なにかとんでもない秘技があるのではと期待したが、小町さんは事もなげに答えた。

「てきとう」

「は」

「カッコいい言い方をするなら、インスピレーション」

「インスピレーション……」

「それがあなたをどこかと通じさせることができたのなら、それはよかった。とても、よかったです」

小町さんは、まっすぐにわたしを見た。

「でもね、私が何かわかっているわけでも、与えているわけでもない。皆さん、私が差し上げた付録の意味をご自身で探し当てるんです。本も、そうなの。作り手の狙いとは関係のないところで、そこに書かれた幾ばくかの言葉を、読んだ人が自分自身に紐づけてその人だけの何かを得るんです」

小町さんは箱を掲げ、もう一度わたしに礼を述べた。

「ありがとうございます。夫といただきます」

小町夫妻の間で開かれる箱、彼らの目を舌を心を喜ばせるハニードーム。光栄なことに、わたしはその流れの、一部になった。


五月に入った。

晴れた日の昼下がり、公園近くにある公民館のロビーで依子と待ち合わせをした。午前中にシニア向けのパソコン講座を受け持っているというので、それが終わってからピクニックに行くことにしたのだ。

葉桜の生い茂る公園を、依子と歩いた。

リュックには、おにぎりが入っている。サプライズだ。依子が出かけているとき、何度かこっそり練習をした。依子が何の具を好きなのかは、蕎麦屋で千恵に調査済みだった。

野沢菜。

そうきたか、と思った。聞いておいてよかった。わたしひとりではきっと思いつかなかっただろう。今までそんなことも知らずにいた。依子はわたしの好みを熟知してくれているのに。

ベンチに座り、ラップに包んだおにぎりを出すと依子は「ええ?」と叫び声をあげた。そして、しばらくおにぎりとわたしの顔を交互に見たあと、一口食べ、「野沢菜!」と目を大きく見開いた。きゅんとしたかどうかは、わからない。でも、喜んでいる依子の姿を見て、わたしも嬉しかった。ふと、うつむきながら依子が言う。

「……正雄さん、私がリストラに遭ったとき、長野にドライブに連れて行ってくれたじゃない？」

「あ？　うん」

依子が四十歳のとき、勤めていた会社が経営不振で、真っ先に整理解雇を通告された。養ってくれる夫がいるならいいだろうという空気が漂っていたという。

「私の仕事の能力とは関係ないのに、悔しい」と泣いている依子に、口下手なわたしはなんと声をかけてやればいいのかわからなくて、ただドライブに誘ったのだ。日帰り温泉でも行って、気晴らしになればと思った。依子は手に持ったおにぎりを見ながら続ける。

「あのとき、助手席で正雄さんの横顔を見ながら思ったの。解雇されて私は大きなものをなくしたような気になってたけど、べつに、何も失っていないじゃないって。だって、私自身はそれまでと何も違わないもの。単に、それまでの会社から離れただけ。本当に、たったそれだけのことだったのよ。仕事で得られる喜びも、大切な人と過ごす幸せも、私次第でこれからもしっかりつかんでいけるものじゃないかなって。それで、これからはフリーでやっていこうって思えたの」

依子はわたしのほうに顔を向け、にっこりと笑った。

「あのとき長野で食べた野沢菜がおいしくて忘れられなくて、それから大好きなの」

わたしも笑い返す。野沢菜に関しては千恵に聞いてちょっとズルをしているが、許してもらおう。わたしだって忘れない。ふたり並んでおにぎりを食べた今日のことを。

わたしもラップを剝き始めると、依子が言った。

「矢北さん、喜んでたよ。お教室、面白い？」

囲碁教室の五月分の月謝を、わたしはすでに払い込んである。

小町さんがレファレンスしてくれた囲碁の入門書を、あらためて読んでみた。わからないなりに親しみを覚えたのは、一度とはいえ教室で碁石に触れていたからだろう。本当に何も体験していなかったら、きっとそんなふうには思わなかった。その「一度」があるかどうかで、こんなに大きく違うのだ。どんなところがドラマなのか、知りたいと思った。

「難しいよ。覚えても覚えても、忘れてしまうね」

わたしは笑う。

「でも何度も、ああそうかって思うのが楽しいから、いいんだ。ちょっと続けてみるよ」

役に立つか、モノになるか。これまでのわたしを邪魔していたのはそんな価値基準だったのかもしれない。でも、心が動くこと自体が大切なのだと思うと、やってみたいことはいくつもあった。

蕎麦打ち体験や、史跡巡りツアーや、依子に教えてもらったインターネットで学ぶ英会話レッスンや。羊毛フェルトだって、試してみたい。求人情報を見てそんな気持ちになれたなら、トライしたっていい。

目に映る日々を、豊かに味わっていこう。ワイドビューで。

おにぎりを食べ終わり、初夏の緑の中をスニーカーで歩く。

鳥が鳴いている。風が吹いている。隣で依子が笑っている。

わたしはわたしを退いたりしない。

これからは、好きなものを大切に集めていくのだ。わたしだけのアンソロジーを。


わたしは思いつくまま、こぼれてくる言葉を口にした。

まあまあ　まあまあ　まさおがいくよ
さあさあ　さあさあ　まさおがいくよ
おおっと　よこには　よりこがいるよ

「なあに、それ?」

依子が目を丸くする。

「正雄のうた」

わたしがそう答えると依子は、「悪くないセンスだわ」と、うなずいてくれた。

この作品は書下ろしです

【作中に出てきた実在する本】

『ぐりとぐら』 中川李枝子文 大村百合子絵 福音館書店
『英国王立園芸協会とたのしむ 植物のふしぎ』 ガイ・バーター著 北綾子訳 河出書房新社
『月のとびら』『新装版 月のとびら』 石井ゆかり著 阪急コミュニケーションズ／CCCメディアハウス
『ビジュアル 進化の記録 ダーウィンたちの見た世界』 デビッド・クアメン ジョセフ・ウォレス著 渡辺政隆監訳 ポプラ社
『げんげと蛙』 草野心平著 銀の鈴社

『21エモン』 藤子・F・不二雄著 小学館
『らんま1／2』『うる星やつら』『めぞん一刻』 高橋留美子著 小学館
『漂流教室』 楳図かずお著 小学館
『MASTERキートン』 浦沢直樹著 小学館
『日出処の天子』 山岸凉子著 白泉社
『北斗の拳』 武論尊原作 原哲夫作画 集英社
『火の鳥』 手塚治虫著 KADOKAWA

【参考文献】
『夢の猫本屋ができるまで』　井上理津子著　安村正也 協力　ホーム社
『世界一楽しい　遊べる鉱物図鑑』　さとうかよこ著　東京書店

【取材協力】
Cat's Meow Books（キャッツミャウブックス）　安村正也様

【Special Thanks】
Yukari Ishii
Miho Saigusa　Masashi Kumashiro
Ryoichi Otsuka　Noboru Ito

青山美智子（あおやま・みちこ）
一九七〇年生まれ、愛知県出身。横浜市在住。大学卒業後、シドニーの日系新聞社で記者として勤務。2年間のオーストラリア生活ののち帰国、上京。出版社で雑誌編集者を経て執筆活動に入る。第28回パレットノベル大賞佳作受賞。デビュー作『木曜日にはココアを』が第1回宮崎本大賞を受賞。同作と2作目『猫のお告げは樹の下で』が未来屋小説大賞入賞。他の著書に『鎌倉うずまき案内所』『ただいま神様当番』。

お探し物は図書室まで

2020年11月9日　第1刷発行
2021年4月14日　第10刷

著者　青山美智子
発行者　千葉 均
編集　三枝美保
発行所　株式会社ポプラ社
〒一〇二-八五一九
東京都千代田区麹町四-二-六
一般書ホームページ　www.webasta.jp

組版・校閲　株式会社鷗来堂
印刷・製本　中央精版印刷株式会社

落丁・乱丁本はお取り替えいたします。

電話（0120-666-553）または、ホームページ（www.poplar.co.jp）のお問い合わせ一覧よりご連絡ください。
※電話の受付時間は、月～金曜日10時～17時です（祝日・休日は除く）。

読者の皆様からのお便りをお待ちしております。いただいたお便りは著者にお渡しいたします。

N.D.C.913/303p/19cm　ISBN978-4-591-16798-4
P8008304